PASSAGER EN TRANSIT

Illustration de la couverture : Jean-Hamid EDEB
Crédits photographiques : Dominique MOULY
Texte de la 4ème de couverture : Raphaël ALBERT

Frank ETIENNE

Passager en transit

nouvelles

CHLOÉ DES LYS

Ce récit est une œuvre de pure fiction. Par conséquent toute ressemblance avec des situations réelles ou avec des personnes existantes ou ayant existé, mais aussi avec les robots et autres processeurs de ce livre, ne saurait être que fortuite.

pour mes chers parents, à qui je dois ce que modestement je suis,

à Gaël, mon ami, mon frère. Tu me manques tant.

VACANCES CHAMPÊTRES

La cabine s'élevait paresseusement dans les airs. De part et d'autre des baies vitrées teintées, le village rapetissait au fur et à mesure, plongeant dans le fond de la vallée.

Éric activa le bouton de lévitation de son fauteuil. Le siège décolla paisiblement et vint rejoindre la nuée des autres fauteuils qui, déjà, flottaient. D'une simple pression de la main il l'orienta de manière à faire face au sol, transparent. Il avait toujours préféré cette vue à celles plus classiques des larges hublots.

Bientôt le sang lui monta à la tête. A Paris tous les sièges étaient pourvus de diffuseurs antigravitationnels automatiques. Mais ici, c'était encore manuel.

La peste était de ces engins archaïques ! Il actionna une petite manette sur son cadran de bord. Deux arceaux jaillirent autour de sa personne et diffusèrent une pâle lueur bleutée. Dieu que tout ceci était long et désuet ! Enfin la sensation désagréable s'estompa et il put se caler confortablement dans les coussins pour admirer le paysage.

Il avait bien fait de céder aux instances d'Élise. Quelle mouche l'avait piquée d'ailleurs ? Depuis des lustres, toute la famille passait ses vacances sur la station de Phobos et personne n'y avait jamais trouvé rien à redire. Cependant, à bien y réfléchir, il était devenu un peu las, au fil du temps, du même astroport et de l'hôtel quatre étoiles, par de trop réguliers séjours affadis. Même les plages aux sables multicolores finissaient par ne plus l'étonner. Aussi lorsque sa femme avait émis l'hypothèse d'un autre lieu de villégiature, s'était-il montré enthousiaste au point de faire naître chez elle un soupçon. Pauvre Élise ! Elle voyait le mal partout. En tout cas, il n'était point fâché d'avoir échappé au sempiternel voyage sur Mars avec son lot d'excursions éreintantes dans les inévitables déserts rouges. Sans compter le coût que tout cela aurait encore généré ! Miraculeusement le côté dispendieux de la chose était apparu à Élise, et il avait alors profité de cet éclair de lucidité pour appuyer la demande de sa femme et lui glisser l'idée de vacances plus bucoliques.

Il ferma à demi les yeux. Deux semaines de congés. Il fallait en profiter, à commencer par cet instant. Élise et les enfants devaient être au salon des voyageurs, il était donc tranquille pour de longues minutes. Il abaissa la visière de ses lunettes de projection et sélectionna le premier canal. Une poussière rouge tourbillonnante s'abattit sur lui, des vaisseaux le survolèrent dans un mugissement sonore. A perte de vue des dunes offraient leurs silhouettes ambrées. Il se félicita de ne pas avoir enclenché le sélecteur de ressenti corporel. Nul doute que la chaleur eût été écrasante. Soudain, au milieu de l'écran, un message publicitaire. Ah non ! Encore une promotion pour une semaine sur Mars. Bien décidé à ne pas gâcher son plaisir, il accéda à l'espace réservé aux adultes. Deux splendides créatures apparurent, nonchalamment allongées sur des matelas d'air flottants par-dessus une piscine. Derrière elles une vaste coupole translucide reflétait l'infinitude galactique, gigantesque toile noire émaillée d'innombrables particules argentées. Se trouvant à bord d'une station thermale orbitale, les coquines commencèrent de s'effeuiller négligemment. Le cœur d'Éric s'accéléra ; un léger tremblement parcourut son corps. Le bustier de la brune s'apprêtait à choir quand le haut de l'écran se mit à clignoter. Quelqu'un voulait lui parler. Élise : ce ne pouvait être qu'elle ! Vite, il se déconnecta avant qu'elle n'eût l'idée de le rejoindre avec un autre casque projecteur.

La visière se releva. Une figure blafarde aux lèvres pincées le fixait.

« Ah, c'est toi chérie … déjà…, fit-il maladroitement.

– Ça fait toujours plaisir, répondit-elle d'un ton sec. Tiens, occupe-toi de Bryan, il n'arrête pas de râler, il me fatigue. Je retourne aux boutiques avec l'aîné.

– Oui, oui, bien sûr …

Elle avait déjà tourné les talons. Il la regarda s'éloigner, silhouette guindée au fessier insipide, et retint un soupir.

– P'a, j'peux faire du laserdestroy IV ?

– Hein, quoi ? Ah oui... oui, si tu veux Bryan. »

Les yeux de l'adolescent s'animèrent un instant. Éric céda la place à son fils. La figure boutonneuse disparut sous le casque tandis que les mains empoignèrent avidement une manette qui figurerait bientôt les commandes d'un engin spatial terrifiant. A part ce jeu niais, le pauvre garçon ne s'intéressait à rien. C'était désespérant ! Ravalant sa mauvaise humeur, Éric demanda la diffusion en hologrammes des dernières informations et patienta ainsi jusqu'à ce que la navette atteignît le petit astroport des « Aiguilles ».

Un taxi automate, dépêché par l'hôtel, vint les chercher tandis qu'une autre voiture automate se chargeait de leurs affaires. N'étant pas des clients de classe A, ils durent partager le taxi avec une famille flanquée de trois mouflets, dont le dernier voulut absolument brancher son casque projecteur sur l'unique prise du véhicule. Ce qui, bien entendu, déclencha les trépignements indignés de Bryan qui avait prévu de terminer d'anéantir la planète Xénon à l'aide de son super vaisseau intersidéral. Les deux enfants commencèrent à se chamailler et bientôt, les parents s'en mêlèrent. Élise vociférait contre les sans-gêne. Même Gilles, l'aîné, s'y était mis et invectivait la partie adverse avec fougue. Éric, quant à lui, regardait dehors, absent. Il n'avait jamais partagé la propension de son clan à verser dans l'agressivité pour régler les problèmes. Le détecteur de conflits se déclencha et mit en route une série de bons conseils personnalisés, sur fond de musique apaisante. Si cela n'aboutissait pas, il pouvait – avec l'accord ou non des parties en lice – faire appel à un médiateur électronique sur place, voire, si le désaccord persistait, humain à l'hôtel. Ne voulant pas gâter leur début de vacances, chacun accepta d'ignorer l'autre et le détecteur de conflits consentit à se remettre en veille.

Ignorant les regards courroucés que son épouse lui lançait, Éric se concentra davantage encore sur le paysage qui défilait. Des collines verdoyantes s'épandaient sous la voûte d'un ciel resplendissant ; le soleil, à son zénith, dispensait généreusement ses rayons. Un ou deux boqueteaux se profilaient parfois mais ils laissaient rapidement place à des étendues gazonnées dans lesquelles lacs et étangs venaient se nicher. Des points noirs mouchetaient ce tableau, rappelant que les vacanciers avaient commencé à prendre possession des lieux.

L'hôtel était situé sur un plateau cerné de petites falaises. La première chose qui frappait l'esprit lorsque l'on arrivait, était une grande tour cylindrique qui bondissait vers le ciel, dominant tout le reste. Sa base disparaissait au sein d'un superbe dôme poli, argenté, duquel tels des tentacules, des multitudes de passerelles s'élançaient dans toutes les directions. A l'extrémité de ces canaux, on trouvait des bulles de verre ou des cubes qui représentaient les chambres. Des passerelles secondaires permettaient de rejoindre les passerelles principales. On eût dit un énorme poulpe de verre et d'acier, difforme et disproportionné. Au-dessus de cet arachnide monstrueux, un solide rocher lévitait, immobile : l'astroport privé de l'établissement, permettant de rallier les grands centres urbains très rapidement en cas de catastrophe.

Le taxi s'arrêta à proximité d'un sas de la coupole. Immédiatement un tunnel de verre télescopique se déplia jusqu'à leur hauteur afin qu'ils n'eussent pas à souffrir de l'intolérable chaleur qui régnait à l'extérieur. Un magnifique parterre de fleurs aux couleurs éclatantes tapissait les abords de l'hôtel. Un tapis roulant les fit parvenir au centre du dôme, où se tenait un grand bureau ovale fourmillant de réceptionnistes humains et artificiels. Vue de l'intérieur, la coupole ressemblait à un gruyère, laissant apparaître de multiples orifices constellant sa paroi argentée. Un ballet de capsules oblongues se jouait, déposant ou prenant des clients, débouchant des ouvertures ou y pénétrant. Le robot réceptionniste vérifia que tout était en règle, à commencer par les vaccinations anti-UV qui devaient être à jour, sous peine d'annulation du séjour. Puis les chambres E54I et E54J leurs furent octroyées et une capsule, qui stationnait en l'air patiemment, vint les prendre. Cette fois, ils étaient seuls.

« Ah, enfin au calme ! s'écria Élise en se jetant dans un siège capitonné gonflable. Mais bon, visiblement, il y en a que ça ne dérange pas d'être avec d'autres malotrus ... »

Éric haussa les épaules. Il savait très bien que la remarque s'adressait à lui, mais il s'en moquait. L'engin s'éleva dans les airs, avisa un des trous de la paroi et, en faisant bien attention aux autres capsules, s'y dirigea sereinement. Ils pénétrèrent dans une espèce de conduit transparent, et l'ascension débuta. Autour d'eux de véritables toiles d'araignées, dont les fils seraient des tubes nervurés d'arceaux, se tissaient, s'entremêlaient. Ils croisèrent d'autres capsules, s'enfoncèrent toujours plus loin dans le labyrinthe de cet écheveau démesuré. Puis le mouvement cessa et un sas s'entrouvrit, invitant les garçons à descendre. A peine une minute plus tard et ce furent les parents qui arrivèrent à destination.

Leur lieu de vie pour les quinze prochains jours se constituait d'un parallélépipède pour la chambre elle-même, accolé à un cube pour la salle de bains et les toilettes. Comme une partie des chambres de l'hôtel était réservée aux familles, un mini couloir permettait d'accéder directement à l'espace des enfants.

« Bienvenue dans votre espace de bien-être, madame et monsieur Martin, leur dit une voix suave. »

Aussitôt les murs s'éclairèrent d'informations diverses : fonctionnement de l'hôtel, programmes des jours à venir, mais aussi liens vers les innombrables chaînes de télévision.

« Désirez-vous un peu de musique pour vous détendre ?

Élise fit un signe de dénégation. Le panneau de la liste des chansons disparut.

– Déconnexion de l'hôte de réception, asséna Éric que tout cet assistanat agaçait. »

Il n'était pas venu ici pour vivre comme à Paris. Il pianota sur le panneau de contrôle pour passer en mode manuel ; ce type de fonctionnement suranné lui plaisait en vacances, il avait l'impression de vivre un peu à l'ancienne, de se forger le mental par des privations coûteuses. De toute façon, si cela ne lui convenait plus, il pouvait toujours rebasculer et changer de mode par un simple mot. Élise s'allongea voluptueusement sur le lit qu'elle avait fait surgir du sol, d'une commande vocale.

« Tu nous mets en transparence ? demanda t-elle sur un ton qui relevait plus de l'ordre que de la simple demande. »

Éric bougonna et s'exécuta à contrecœur. Il avait horreur de cette mode grotesque. Les murs commencèrent à vibrer tout doucement, de manière imperceptible. Puis, par bandes successives en partant du haut, ils se mirent à irradier une lumière pâle, presque blanche. Bientôt toutes les faces du parallélépipède brasillèrent ; cela dura un instant. Puis, de nouveau par bandes successives, la chambre passa à un état de transparence absolue. A la fin du processus, qui n'avait pas duré deux minutes, ils se retrouvèrent dans une cage de verre d'où ils pouvaient apercevoir l'extérieur. Mais pour quiconque demeurant, justement, à l'extérieur, rien n'avait changé. Les façades continuaient d'apparaître telles qu'en leur état initial : murs de briques, de pierres, ou verres teintés. Seuls quelques établissements commerciaux disposaient du processus inverse afin que les passants, et probables clients, eussent la possibilité de distinguer l'intérieur d'une pièce : c'était le cas pour les agences immobilières ou pour les vendeurs de piscines, entre autres. Certaines chambres d'hôtel en étaient également pourvues, notamment lorsqu'il s'agissait de jeter un œil sur les agissements d'enfants en bas âge.

Leur chambre se retrouva donc cernée de tous côtés par un réseau de passerelles métalliques et de gros blocs flottant autour d'eux.

« Et si nous parlions un peu du programme des vacances ? fit Éric, tâchant de ne pas s'irriter du visage béat de sa femme devant ce spectacle.

– Ouais … si tu veux …, lâcha-t-elle sans conviction. »

Ce qui était bien avec elle, c'était l'éternel entrain qu'elle manifestait pour toute chose dans la vie. Il demanda la projection de la carte touristique de la région. Rien ne se passa. Élise éclata de rire. Évidemment, il avait oublié le mode manuel. Maugréant contre lui-même, il entra la bonne combinaison. Un hologramme apparut, centré sur l'hôtel avec leur chambre signalée en rouge. Un véritable petit arachnide flottant au milieu de la pièce. Élise écoutait d'un air distrait les propositions de son mari. Éric avait l'idée, un peu saugrenue, d'un « retour aux sources », il disait vouloir profiter au maximum de la nature et de ses prétendus bienfaits. En même temps que sa faconde emplissait la pièce, l'hologramme, décryptant ses mots clefs, effectuait un zoom arrière, affichait un descriptif succinct de telle activité ou pivotait sur place afin que les deux humains pussent mieux discerner un détail. Éric proposait une pléiade d'activités s'articulant toutes autour du décor champêtre qui les environnait.

Quand il eut fini, Élise bâilla à se décrocher la mâchoire. Puis elle regarda sa montre et pâlit brusquement.

« Chéri, c'est l'heure de « Dallas reloaded 24 » ! Vite branche le panneau télévisuel, je vais rater l'épisode !! »

Sur l'instant, il ne sut pas si elle se moquait de lui. Mais elle s'agitait frénétiquement, paniquée à l'idée de manquer son navet. Définitivement résigné, il débrancha l'hologramme et décida qu'à partir de maintenant, il ne s'occuperait que de lui.

Il se conforta dans cette opinion lorsque le soir, alors qu'ils dînaient en famille au 36ème étage de la tour centrale, ses projets ne suscitèrent guère plus d'enthousiasme chez ses fils. Et c'est ainsi que chacun composa son propre programme de vacances. Bryan passa le plus clair de ses journées dans la grande salle vidéo interactive, occupé à pulvériser tout ce qui bougeait, Gilles écuma les anneaux de danse la nuit, comatant le jour, et Élise fit une cure de soins et de feuilletons insipides. Quant à Éric, il se jeta à corps perdu dans le sport « vert ». Il s'essaya à tout. Ou presque.

Comme il allait employer son temps à être dehors, il

dut s'astreindre à suivre scrupuleusement les prescriptions médicales de rigueur. En effet il n'y avait pas, contrairement aux villes qui en étaient dotées, d'épurateur d'atmosphère se chargeant de filtrer l'air et d'atténuer les rayons du soleil en permanence. Chaque matin il dut donc boire un liquide hydratant son corps en profondeur, pénétrant dans les moindres cellules de la peau. Il savait qu'il ne devait sous aucun prétexte oublier de l'ingurgiter sous peine de graves conséquences. Et, même si tous les programmes de la chambre ainsi que les réceptionnistes le lui rappelaient fréquemment, il avait le délicieux sentiment de vivre dangereusement, de goûter au sel de la vie d'aventurier. Grâce à ceci et aux vaccinations anti-UV, la brûlure du soleil ainsi que sa chaleur insoutenable étaient domestiqués.

La première discipline à laquelle il goûta fut la bicyclette à coussins d'air ; un ou plusieurs coups de pédales donnés et l'engin se propulsait à une distance proportionnelle à l'énergie reçue, en s'élevant de quelques décimètres du sol. Selon la difficulté souhaitée, on pouvait programmer un nombre plus ou moins élevé de coups de pédales jusqu'à – degré ultime de difficulté – ce que le vélo ne décollât pratiquement plus. Encouragé par ses progrès il osa même louer, pendant une heure, une antique bicyclette à propulsion entièrement mécanique ! C'était éreintant et peu ludique, mais incontournable s'il voulait impressionner ses amis à son retour sur Paris. Le golf avait ensuite retenu toute son attention : errer sur un océan de verdure, duquel émergeaient quelques escarpements rocheux, suivre les conseils du robot télémètre ou celui d'un partenaire humain, furent de véritables bonheurs. Puis il enchaîna, à un rythme effréné, un baptême de plongée sous-marine dans un lac, la pratique du scooter des herbes, une escalade sur pan adaptant sa déclivité au grimpeur, et le tennis sur plateforme mouvante. Il fit même une demi-journée de cheval mi-artificiel, sans toutefois se hasarder à monter un véritable animal. Certes il se sentait doté d'un tempérament audacieux mais il ne fallait point exagérer. Mais ce que sans conteste il préféra fut la randonnée pédestre. La bonne vieille technique qui consistait à mettre un pied devant l'autre. La région était essaimée de collines plus ou moins bombées ; il se mit en tête d'en arpenter les principales. Accompagné d'une demi-douzaine de passionnés, refusant d'être chapeautés par un robot assistant – qui pouvait pallier une éventuelle déshydratation ou proposer une cabine rafraîchissante entre autres choses – , il tint sa promesse et put se targuer de ses conquêtes chaque soir auprès d'Elise qui considérait la chose d'un air vaguement suspect.

A présent le séjour tirait à sa fin et, pour la dernière journée, Éric avait réussi, non sans mal, à arracher chaque membre de la famille de ses occupations pour faire une balade tous ensemble. Il avait bien tenté que l'équipée se dispensât du robot assistant – répondant au doux nom de Nestor – mais il avait finalement dû battre en retraite après les cris effrayés de son épouse et les piaillements du cadet qui voyait dans le droïde une source électrique pour aplatir la rébellion du prince de Kandohor.

Vers midi ils firent une pause au pied d'une croupe herbeuse, et mangèrent au creux d'une combe peu prononcée. L'herbe était tendre et grasse, le ciel éclatant, et le soleil brillant de mille feux. Après le repas Élise s'avachit par terre, la tête mollement soutenue par un coussinet, bientôt imitée par Gilles qui avait encore dans les yeux la jolie blonde d'hier soir, et dans les jambes le fait de s'être couché à une heure indue. Bryan, comme de juste, s'était précipité sur le siège du robot assistant et avait disparu derrière son casque projecteur. Quant à Éric, il s'abîmait dans la contemplation du paysage ; en contrebas du lieu où ils se trouvaient, quelques gradins rocheux permettaient d'accéder à une vire herbeuse de laquelle on avait une vue presque circulaire. Une fine brume de beau temps ourlait l'horizon. Cueillant un brin d'herbe qu'il entreprit de mâchouiller, il rêva à d'improbables aventures, dans une autre vie. Il se passa ainsi un long moment.

Au bout de la crête herbeuse qui les dominait, culminait un sommet en forme de dôme. De là, ils auraient certainement une vue encore plus spectaculaire. N'y tenant plus, Éric décida de lever le camp.

« Allez, tout le monde debout, il nous reste encore une petite partie à faire ! »

Comme il s'y attendait, ses paroles furent accueillies par un silence éloquent. Ah non, il était hors de question de s'arrêter si près du but. Il poussa sans ménagement sa femme qui, Ô surprise, se leva de bonne composition, tout à fait encline à clore la randonnée. Gilles eut plus de mal à émerger du sommeil, les yeux encore bouffis de fatigue. Mais, tout compte fait, cette petite balade lui faisait le plus grand bien après une quinzaine à évoluer quasiment en vase clos. Le plus difficile à convaincre fut évidemment Bryan qui accepta néanmoins de quitter son jeu au sommet, à condition qu'il continuât d'y jouer le long du trajet.

Ils gagnèrent donc la large croupe gazonnée et commencèrent de s'élever. Une myriade de fleurs aux pétales colorés tapissait la sente, cherchant à attirer par tous les artifices le papillon flâneur, ou la guêpe pollinisatrice. Quelques chants brefs, faits de sifflements et de grincements, ponctuaient leur ascension, trahissant un traquet motteux perché sur un rocher ou un accenteur alpin fouillant le sol parmi les pierres. Des barrières avaient été posées çà et là aux endroits dangereux. Enfin ils parvinrent au faîte de la grosse colline d'où une vue à 360° les attendait. A leur demande, Nestor projeta un hologramme permettant une vision en trois dimensions de tout l'espace aux alentours. Ils purent localiser leur hôtel, qui apparaissait comme un petit point en dessous d'eux en réalité, les différents parcours de golf et les principaux lacs.

Bryan, après avoir daigné jeter un œil vaporeux, s'était déclaré explorateur et s'était mis à creuser la terre avec des compagnons imaginaires. Le visiophone de

Gilles avait sonné et il s'était un peu isolé à la vue d'une coiffure dorée sur son écran de réception.

Éric et Élise en étaient là à contempler le paysage, lorsqu'ils entendirent la voix de Bryan.

« P'pa, m'an, v'nez voir ! J'ai découvert un truc vachement bizarre !! »

Éric leva les yeux au ciel. Pourquoi diable ce gamin ne se remplissait-il pas les prunelles de ce spectacle unique, qu'il n'avait jamais eu l'occasion de voir, *en réalité* ? C'était bien là le point d'achoppement : les gamins de cette époque avaient déjà vu virtuellement tellement de choses, qu'ils étaient désabusés dès la sortie de l'école primaire.

« V'nez voir j'vous dis ! Y a queque chose de marqué ! »

Cette fois les parents se dévisagèrent avec une expression de surprise. Ils connaissaient suffisamment leur fils pour reconnaître au ton de son appel que ça n'était plus un jeu, et que quelque chose de particulier l'intriguait.

« Allez viens, dit Élise, ça lui fera plaisir.

Et elle lui prit doucement la main pour le conduire, à sa grande surprise. Si l'air de la campagne la rendait plus câline, il faudrait peut-être réitérer l'expérience pour les prochaines vacances. Il se promit d'y réfléchir. Bryan avait sollicité l'aide du robot qui avait foré un trou d'une bonne trentaine de centimètres. Le garçon regardait attentivement une grosse pierre usée sur laquelle ils avaient buté.

– Bon, qu'est-ce qu'il y a Bryan ? questionna Éric, réservant son admonestation quant au saccage constaté.

– Regardez, p'pa et m'an : y a queque chose d'écrit sur la pierre, mais comme j'arrive pas à lire, c'est Nestor qui l'analyse. Ouah ! On a p't'être découvert un trésor de la mort !!

Se penchant par-dessus le robot, ils virent effectivement une inscription polie par le temps, qu'ils étaient eux aussi incapables de déchiffrer. Ils patientèrent un petit instant, puis Nestor déplia un mini écran luminescent et annonça la fin de son travail.

– Bon eh bien vas-y, dis-nous ce que raconte ce morceau de caillou, ordonna Éric. »

Le fond de l'écran s'assombrit, devint noir, et les lettres blanches s'incrustèrent, très nettement : « Mont Blanc, altitude 4810 m ».

PASSAGER EN TRANSIT

Tous les volets étaient clos. De minuscules particules orange dansaient au travers des rais de clarté que laissaient filtrer les fines lamelles du rideau métallique. Une ombre cendreuse, étale, tapissait les angles de la chambre. Au milieu de la pièce une masse flottait à quelques décimètres du sol. André ne dormait pas. Les yeux grands ouverts, la tête reposant mollement sur l'oreiller, il se complut – comme tous les matins de jour de repos – dans l'attente des premiers bruits de la maisonnée. Alangui, l'esprit divaguant encore sur l'erre presque nulle de son dernier songe, mais déjà attentif aux émois de la vie qui renaissait, il goûtait pleinement cet instant où les ténèbres, guettées par le jour, déclinaient sans avoir disparu complètement. Un mince filet de lumière jaune coulait aux interstices, s'immisçait sournoisement. L'aube maraudait. Il le savait et l'épiait en même temps que le silence qui l'accompagnait.

Un murmure lui parvint, courant sur les parois de la maison ; comme une vibration ténue, un doux ronronnement. Karl s'était réveillé et commençait à mettre les services en branle. Il était temps de s'extirper de cette agréable torpeur. Il tâtonna le sol du bout des doigts et rencontra une surface rugueuse, qu'il effleura de son index. La forme sur laquelle il reposait prit soudainement vie et s'irradia d'une délicate phosphorescence nacrée. Redressant le torse, il s'assit au bord du matelas blanc. Lorsque son pied s'ancra au sol, des anneaux de lumière concentriques se propagèrent avec indolence à partir de son talon, et atteignirent les uns après les autres des micro-capteurs invisibles. De la sorte, Karl était informé de l'humeur immédiate d'André. Et il sut que la pénombre actuelle convenait à l'humain pour le moment. André se massa les tempes, les yeux encore chassieux du trop plein de sommeil qui roulait dans ses veines. L'air harmonieux d'une musique lointaine susurra sa mélopée dans ses oreilles. Les filles devaient être réveillées. En tout cas Ludmilla.

Le carré de mur qu'il fixait bêtement, à la recherche de sa lucidité, changea de teinte et un message lapidaire apparut.

« Clara souhaite entrer »

André sut gré à Karl d'avoir respecté son quart d'heure d'apathie et de s'être adressé à lui par le biais de la voie numérique. Il ne supportait généralement pas qu'on lui parlât avant une bonne douche chaude. Il marmotta quelque chose et Karl débouta gentiment la fillette de six ans. Néanmoins, afin de ne pas subir les ires légitimes de ses filles, il occupa le canal d'informations de la maison. « Rendez-vous dans dix minutes à la cuisine mes puces ». Les mots résonnèrent à travers toutes les pièces.

Il jeta un œil aux persiennes. Son regard fut intercepté, décrypté et l'assemblage à claire-voie pivota lentement sur lui-même. Des flèches de feu s'irisèrent au contact des surfaces vitrées et jaillirent dans la chambre, refoulant les ombres au fond de la pièce. Pour éviter une transition trop brutale aux yeux de l'humain, un filtre invisible avait été jeté sur la surface de la porte-fenêtre. Il s'approcha et se jeta tout entier dans la contemplation du paysage. Le soleil était encore bas dans le ciel et baignait de ses rayons endormis le grand saule pleureur esseulé au milieu de la cour. Derrière, de douces nuances émeraude s'égaillaient au hasard du vallonnement des prairies, coupées à l'horizon par la ligne confuse d'une forêt bleuâtre. Qu'il était bon d'être à la campagne ! Malheureusement, cela devenait de plus en plus rare, son travail l'accaparait au grand dam de ses filles qui souvent le lui reprochaient. Les filles ! Il les avait presque oubliées. S'il ne voulait pas se voir tancer, il allait lui falloir se dépêcher un tantinet.

La salle de bains l'accueillit avec les premières notes du concerto pour mandoline de Vivaldi. Un homme aux traits creusés, aux joues caves, l'inspectait dans le miroir, fronçait les sourcils lorsqu'il apercevait son nez en trompette, soupirait à la luisance des méplats que son crâne arborait par endroits. Finalement il tourna le dos à l'importun personnage, revêtit une tunique couleur crème et prit place dans un fauteuil de faïence inclinable. Le programme de condensation débuta. Il n'appréciait que modérément ce mode de lavage, mais il n'avait guère le temps. La combinaison s'humidifia de l'intérieur et une agréable fraîcheur dégoulina sur les pores de sa peau. Un brumisateur automatique arriva à hauteur de sa figure et entreprit de l'asperger de mousse savonneuse, puis de le rincer. En un tournemain il fut lavé, séché, peigné.

Dans la cuisine, les deux filles l'attendaient déjà. Chacune avait déjà disposé devant elle sa propre tablette avec écran de sélection. Ludmilla avait opté pour des croissants et un chocolat chaud, déjà présents sur la tablette, tandis que Clara hésitait manifestement entre deux pictogrammes alléchants. L'index de papa se posa sur celui teinté de jaune.

« Tu n'as qu'à prendre du jus de Gualajara...

– Oui mais j'aime bien aussi les céréales au miel, moi !

André sourit.

– Allons, sois raisonnable. Je suis sûr que tu as une préférence. Réfléchis bien : lequel te semble le plus sucré, le plus agréable dans la bouche ?

La fillette de six ans parut s'absorber dans une réflexion intense. Soudain son visage s'illumina.

– Le jus de Gualajara !

– Eh bien voilà. Sers-toi. »

A peine eut-elle appuyé qu'un verre se dessina au

centre de son tableau, bientôt rempli d'une couleur rose. Elle se précipita avidement, et avala le contenu d'un trait, goulûment.

« Visualisation des sièges » dit André.

Deux confortables coussins apparurent près de la table. André s'assit sur l'un d'eux tandis que Karl fit disparaître le second. Cette façon d'estomper les objets lorsqu'ils n'étaient pas utilisés lui plaisait assez ; la maison semblait ainsi beaucoup plus spacieuse. Il exhala un petit râle de contentement. Cette journée du dimanche, passée avec ses filles, constituait un havre de paix dans lequel il se coulait avec volupté chaque semaine.

« Dis papa, qu'est-ce qu'on fait aujourd'hui ? demanda Ludmilla.

– Eh bien ... on peut aller se promener vers l'étang de Souvron et, pourquoi pas pour une fois, pousser jusqu'à l'aire des « champs interdits ».

Clara battit des mains.

– Oh oui ! On n'y est jamais allé !

Puis, soudain sérieuse :

– Papa, tu crois qu'il y *en* a là-bas ?

André leva les yeux au ciel.

– Tu me poses la question toutes les semaines. Oui, peut-être. De toute manière, tu sais bien que nous ne *les* verrons pas.

– Et si on prenait tes VisioX ? fit-elle, pointant l'index comme traversée par une lumineuse idée.

– Je t'ai déjà dit mille fois que tu étais encore trop

petite, ma chérie.

– Allez papa ! Rien qu'une fois ! implora Clara.

– Non et non. Allez, ça suffit ma puce. Finis ton bol et tes tartines. »

Tandis que sa fille lâchait un gros soupir de dépit, André sourit. Celle-ci quand elle avait une idée en tête, elle était bien ancrée ! À vrai dire tous les enfants de son âge brûlaient de la même envie et cela était bien légitime. N'étaient-ils pas imprégnés, dès leur plus tendre enfance, de *leur* présence, attirés follement comme le sont les insectes par la lumière ? Lui-même, alors qu'il n'était encore qu'un garçonnet, avait seriné ses parents pour pouvoir *les* apercevoir avant l'âge légal, avait échafaudé des plans invraisemblables avec des camarades pour se rendre au bon endroit, avec le bon matériel ... Karl le tira de ses souvenirs :

« J'ai programmé un nettoyage complet de la maison pendant que vous sortirez...

L'ordinateur – gouverneur du logis laissa sa phrase en suspens, guettant l'approbation de son maître, qui ne tarda pas.

– C'est d'accord. Ça me va Karl.

– Y a t-il des consignes particulières ? Ou une pièce qui doit être traitée différemment ? s'enquit encore le processeur.

– Euh ... non, je ne vois pas. Fais pour le mieux, je te fais confiance comme d'habitude. »

Karl acquiesça et les parois du bâtiment se mirent à bruire tout doucement. Le gouverneur contactait ses employés pour déléguer les tâches à accomplir. Depuis sa séparation avec Catherine, Karl prenait de plus en plus de place, voire d'initiatives pour tenir le foyer. Ça n'était pas plus mal, André avait toujours eu une sainte horreur de tout ce qui avait trait aux choses ménagères.

Le reste de la journée se déroula fort agréablement et il put se ressourcer tant au contact de ses filles qu'à celui de la nature. Ce ne fut que jeux, divertissements, éclats de rire tout au long de leurs activités. Clara oublia même ses envies frappées du sceau de l'interdit, et l'on s'achemina doucettement vers la fin du week-end. Le soir venu, la navette personnelle du mari de Catherine vint récupérer les filles. André reconnut, avant même de l'apercevoir, le pas de mollusque crissant péniblement sur le gravier, de Kévin. Une espèce d'échalas au corps cachectique apparut dans le visiophone. Feignant de ne pas l'avoir vu, André fit mine de jouer frénétiquement avec Ludmilla. Il laisserait à Karl – qui avait reçu des consignes précises – le soin de faire patienter l'escogriffe. Enfin, au bout de quatre longues minutes, Kévin fit irruption dans la salle à manger, le feu aux joues.

« Dis-donc, lança-t-il sans ambages, il est bouché à l'émeri ton gouverneur ? Ça fait au moins la dixième fois que je dois décliner mon identité et tout le reste ! Il n'est toujours pas au courant ou il faut lui dessouder les condensateurs ??

André se retint de ricaner. Il faudrait qu'il dise à Karl qu'il en faisait peut-être un peu trop. Kévin se tenait à présent au milieu de la pièce, les bras ballants, ne sachant que faire de son squelette difforme.

– Alors les exploratrices de l'espace, prêtes pour le super voyage intersidéral qui va nous mener de la planète papa à l'astéroïde appartement de maman et beau-papa ? »

Il était pitoyable. Toujours la même blague éculée. Évidemment Clara entrait dans le jeu, encore. Mais Ludmilla montrait déjà des signes de lassitude. Que Catherine lui trouvait-elle donc ? C'était un mystère aux profondeurs insondables. Tout de même, elle aurait pu mieux choisir. Il ne lui en avait pas voulu d'avoir provoqué leur séparation ; d'une certaine manière il lui en était même reconnaissant, cela faisait des années qu'ils s'étaient enfermés dans un modus vivendi à la périphérie de celui d'un véritable couple. Il pressentait le tragique échec patent de leur relation mais ne voulait s'y résoudre, se réfugiant dans les arcanes du quotidien, par faiblesse et par confort. Non décidément, il ne voyait pas ce qui l'avait séduite chez cet endimanché. Il n'avait même pas le sens de l'humour. Peut-être qu'au lit c'était un véritable démon, capable d'enchaîner une multitude de coïts, tous plus jouissifs les uns que les autres ... Non, ce n'était pas possible.

« Tu penses à quoi, mon petit ? fit Kévin en lui claquant dans le dos.

Et puis cette manie de faire comme s'ils étaient camarades ! Cela l'horripilait plus que tout. Il l'ignora superbement.

– Bon allez mes puces, prenez vos affaires, il est temps. »

Elles se jetèrent à son cou pour l'embrasser. Un friselis d'émotion l'enveloppa. La gorge serrée, il les accompagna jusqu'à la navette et leur fit promettre au moins trois conférences pour la semaine à venir. Le week-end prochain, les filles partaient en vacances dix jours aux Antilles.

La navette décolla horizontalement tandis qu'il continuait à faire des gestes d'adieux, puis elle s'éleva progressivement jusqu'à devenir un petit point tout en haut et disparut. Il était maintenant seul. Il leva encore les yeux. Le soleil se noyait dans un déluge de feu au-dessus de la forêt, arrachant dans sa descente inéluctable des lambeaux de ciel, déployant sur sa route des volutes rougeoyantes se teintant parfois de rose. Il ne traîna pas pour rentrer à son tour, la maison de campagne sans les filles lui devenait lugubre, presque insupportable. Pendant que Karl procédait à la fermeture en bonne et due forme de la maison, il régla le déflecteur pour qu'*ils* ne puissent s'approcher à moins d'une centaine de mètres. À priori, même s'*ils* s'introduisaient dans la demeure, *ils* seraient incapables de quoique ce soit – en tout cas, le gouvernement l'affirmait – mais deux précautions valent mieux qu'une. Prenant place dans sa voiture aéroportée, il brancha le pilote automatique et se cala pour regarder les dernières informations tandis que le véhicule se mouvait. Absorbé par ce qu'il visionnait, c'est tout juste s'il remarqua, une heure plus tard, le flot de lumière de toutes les couleurs et la densification du trafic annonçant l'arrivée en ville. Son appartement était situé en plein centre-ville dans un de ces immeubles ne possédant pas d'ancrage au sol. Seuls les plus riches pouvaient se payer le luxe de résider dans un tel bâtiment. On en comptait une cinquantaine dans la capitale, flottant de ci delà à quelques dizaines de mètres au-dessus du sol ou bien au-dessus des autres constructions, pareilles à des sentinelles bienveillantes. Sa navette s'approcha doucement du parallélépipède haut d'une dizaine d'étages. Son code de résident fut analysé et accepté ; il fallait en effet une autorisation spéciale pour que son véhicule s'élevât si haut dans la capitale. Reprenant les manettes pour l'approche finale, il s'arrima sur la mini plate-forme – elle aussi flottante – réservée à cet effet, juste devant sa terrasse. L'appartement était déjà éclairé de toute part, il pouvait apercevoir, à travers les vitres, un repas chaud trônant sur la table qui l'attendait. Karl n'avait pas chômé. Comme à son habitude, il s'était déconnecté de la maison de campagne pour se reconnecter ici afin de tout préparer pour l'arrivée d'André. Il y avait fort à parier qu'il eût passé un savon aux processeurs restés sur place et chargés de maintenir un état de veille minimal.

André enfourcha un tricycle aérien qui le déposa délicatement sur la terrasse. Il s'accouda un instant aux barrières. Il n'avait pas envie de rentrer. Pas tout de suite. Devant lui, à perte de vue, un océan d'édifices cristallins et métalliques, irradiait de couleurs coruscantes, de toutes les nuances. Plus bas, les files de véhicules se croisaient, se doublaient, créant des filaments de lumière jaune derrière elles. Et déjà, la rumeur sourde de la ville le prenait, glissait sournoisement dans ses fibres, le faisait légèrement haleter. Sa fonction importante, ses charges de travail, ses responsabilités, tout cela lui remontait à l'esprit. Non, non, il verrait demain. Carpe diem.

Le lendemain, le calendrier annonça la date du lundi 15 juillet. Ce fut le commencement de tout, presque déjà le point de non-retour.

Quand il arriva sur le lieu de son travail, une grande effervescence régnait. Il pressentit une catastrophe et se morigéna de ne pas avoir ouvert, pendant le trajet aller, ses récepteurs. Il se gara sur l'astroport privé réservé aux cadres de l'entreprise et s'engouffra dans la première cabine-transporteur qui le devait mener à son bureau. Sa présence fut immédiatement décelée par Erika, sa secrétaire électronique, qui se brancha sur un des canaux de la cabine. La voix métallique vibra doucement. Une certaine inquiétude sourdait, preuve s'il en est que les processeurs pouvaient ressentir des émotions basiques.

« Bonjour André. J'essaie de te joindre depuis trois-quarts d'heure. Inutile de te dire que la journée a mal commencé pour TAA. Un accident, relativement important, a eu lieu à l'aéroport international *Johnny Hallyday* à 6 heures trente, mettant en cause directement la société. Harry est dans tous ses états et fulmine d'affronter les journalistes sans toi. Veux-tu un diagramme détaillé de son humeur ? Ou bien une palette d'attitudes à adopter en rapport avec la situation ? Une liste d'arguments à l'attention des journalistes ? Un massage thaïlandais, une recette du space cake au chocolat ? ... que sais-je ? »

André sourit. La situation avait l'air d'être préoccupante mais, même dans ces moments, elle parvenait à détendre l'atmosphère. La retrouver après le week-end lui procurait un plaisir indicible. Cela faisait presque deux ans qu'elle avait été nommée auprès de lui et leur complicité n'avait fait que croître durant tout ce temps. D'un grand professionnalisme, elle traitait les dossiers avec pragmatisme et efficacité. Elle maniait aussi bien l'humour que les articles du code pénal ou les règles de bienséance. Mais elle savait être aussi mutine à ses heures, voire coquine. Elle ferait une femme idéale, en définitive. Il s'était même surpris, parfois, à la désirer *physiquement*. Il leva les yeux au ciel. Qu'est-ce qu'il racontait ? Une discrète quinte de toux électronique le tira de ses élucubrations. Là aussi, elle savait se faire transparente. Il reprit vite ses esprits.

« Donne-moi les détails de l'affaire, commanda-t-il. »

Erika s'exécuta. Un mini-écran projetait parallèlement des vidéos en trois dimensions collant aux propos de la secrétaire, insistant sur un point de détail ou, au contraire, privilégiant une vue plus globale. Erika s'employait à adopter un ton monocorde, mais on sentait au timbre de sa voix, une émotion patente. Et de fait, la situation était fâcheuse. TAA – Transports Aéroportés d'Avenir – deuxième société de transports de l'Union Européenne était touchée de plein fouet. D'après les premiers rapports d'expertise, l'explosion de la navette TAA-380 était due à 99,96 % à un défaut du moteur principal. Et bien que TAA ne produisît pas elle-même tout ce qui touchait à la propulsion, il était plus qu'évident qu'elle serait la première en ligne de mire. Une grande entreprise digne de ce nom se devait, en effet, d'exiger de tous ses fournisseurs une homologation de leurs produits, soumise à un cahier de charges excluant le hasard au cours de la durée d'exploitation des dits produits. André se mordit l'intérieur des joues, il venait de se rappeler qu'il avait, en tant que directeur adjoint, en charge notamment le secteur des partenaires de TAA.

« Accélération progressive du rythme cardiaque passant de 64 pulsations à ... pardon, je me suis laissée emporter ... »

Il balaya la remarque d'un geste de la main. La capsule le déposa devant le bureau des réunions. Plusieurs collaborateurs étaient occupés à discuter fébrilement autour d'une grande table de verre.

« Ah ! C'est à cette heure-ci que tu arrives toi ?

M. Bertaud venait de l'apercevoir. Son grand front était barré par trois plis parallèles, trois bourrelets de peau qui en disaient long sur la contrariété du président directeur général.

– La conférence de presse est dans une heure, on n'a pas une minute à perdre ! »

Dès qu'ils se furent assis, un carré luminescent apparut devant chacun d'eux et projeta à la verticale une synthèse récapitulative de l'accident. Des mots, des phrases, et même un schéma, flottaient dans l'air à quelques décimètres d' André. Il distingua, entre autres, son nom dans le champ des acteurs concernés. Bertaud était resté debout et détaillait chaque paragraphe. Il était nerveux et gesticulait dans tous les sens. Puis il aborda plus précisément la rencontre avec les journalistes, primordiale pour l'image de l'entreprise. Chacun se vit proposer sur son écran invisible un petit discours s'il venait à être interrogé. Les participants disposaient à présent de vingt minutes pour retravailler le texte à l'aide de leur secrétaire particulier. Erika se connecta et, en vraie professionnelle, arrangea la déclaration pour qu'elle collât tout à fait à l'esprit de son chef.

Enfin l'heure fatidique arriva.

La salle dédiée à la presse était une vaste pièce icosaédrique sise à proximité du bâtiment central. Chaque face accueillait, en son sein, un parterre de journalistes dûment accrédités disposant de sièges et de tablettes de travail personnels. Au milieu de ce gigantesque dé à vingt faces, planait une espèce de grand bureau autour duquel ceux qui seraient soumis aux interrogations des journalistes allaient s'asseoir. Par un effet de rotation complexe, savamment calculé, chaque face effectuait un tour complet sur elle-même pendant un laps de temps suffisamment court pour que tous les convives subissent en permanence les effets combinés des forces centrifuges et centripètes, et restent donc collés à leur siège. L'air ambiant – à l'odeur typique légèrement citronnée – comportait un gaz annihilant toute gêne occasionnée par les ballottements incessants du corps. C'était grâce à ce procédé révolutionnaire que l'on pouvait accueillir dans des immenses salles énormément de monde, sans qu'une partie des personnes fût reléguée très loin de la scène centrale.

Alors qu'ils s'installaient, André nota que toutes les faces étaient bondées. Un ronronnement caractéristique propagea bientôt un silence dans les rangs, comme une vaguelette venant mourir sur la berge. Une voix mélodieuse déclara : « Détection au para-benzol terminée. Test négatif. », signifiant ainsi l'ouverture de la séance. Pendant plus d'une heure les questions fusèrent, de la plus sérieuse à la plus saugrenue. D'abord sur le qui-vive, l'esprit en alerte, André s'était vu peu à peu sombrer dans une somnolence pernicieuse. L'exercice allait se clore lorsqu'une voix l'extirpa de sa torpeur.

« Monsieur Martin, on ne vous a guère entendu pendant ce point-presse. Pourtant, en tant que directeur adjoint du département des fournisseurs, les conventions de partenariat avec les entreprises de logistique nécessitent bien votre signature, accolée à celle du directeur, non ?

André se raidit imperceptiblement. Le directeur du département, monsieur Konzca, avait déjà répondu à toutes les interrogations, pourquoi lui adressait-on la parole ? Il décida de réciter le texte préparé. Le journaliste, un grand rouquin au visage poupin, dodelina de la tête et repartit.

– Oui, oui, nous avons déjà entendu cela. Ce que je voulais dire par là, c'est plutôt : pensez-vous, au même titre que vos pairs vous entourant, faire l'objet d'une recommandation de la part de la CSDI, ou alors voir votre capital de points ...

Un murmure désapprobateur roula sur toutes les surfaces et couvrit la fin de son discours. M. Bertaud occupa instantanément tous les canaux de communications.

– C'est une question d'ordre privé monsieur, et elle ne saurait par conséquence connaître de réponse dans cette enceinte ; en tout état de cause vos propos sont parfaitement déplacés. »

Une discrète mélopée marqua la fin de la séance ; André en fut secrètement soulagé.

Lors du repas qui suivit, il n'y pensait déjà plus, tellement la dernière intervention du journaliste lui apparaissait déplacée et, à dire vrai, ne concernant pas sa personne. L'après-midi on apprit que le nombre de victimes était revu à la hausse, ce qui le peina très sincèrement. Mais que pouvait-il y faire ? Percevant une légère tension dans le corps de son patron, Erika programma discrètement un message vibratoire de l'air environnant, alors qu'il était absorbé à travailler devant l'écran mural de son ordinateur.

L'affaire fit grand bruit dans le monde des grandes

entreprises et dans la société civile en général. Durant des semaines, les dirigeants de TAA furent la coqueluche des journaux nationaux et régionaux. Ils durent se soumettre à diverses interviews individuelles ou collectives, la moindre déclaration d'un cadre était passée au crible journalistique, avec toute la subjectivité que l'on pouvait en attendre. Le cours de l'action en pâtit naturellement et passa en-deçà de son niveau d'introduction, notamment lorsque les familles des victimes se liguèrent pour assigner l'entreprise devant les tribunaux. André pour sa part ne se sentait pas plus effrayé que cela par l'ampleur que semblait prendre la tournure des événements. La garde de ses filles le week-end, les escapades à sa maison de campagne lui permettaient une régénérescence hebdomadaire. Et s'il arrivait que, pendant la semaine, la pression supportée au travail vînt s'immiscer dans son domicile, il s'accordait alors une soirée à vivre une existence tout autre dans l'un des innombrables mondes virtuels déployés à l'échelle planétaire. Le personnage qu'il préférait incarner était Mathieu Lelong qui évoluait à la fin du XXième siècle, collectionnant les conquêtes féminines, et pilote de Formule 1 de profession. Ailleurs, dans les quatre autres univers dans lesquels il était embarqué, ou bien son personnage était criblé de dettes, ou bien il menait une vie dont la fadeur menaçait d'égaler sa réelle existence.

Les choses rentraient petit à petit dans l'ordre et les éditorialistes, faute d'avoir quelque chose à se mettre sous la dent, commencèrent à relâcher la pression sur TAA. Pourtant, quatre mois plus tard, une mauvaise nouvelle déferla derechef sur l'entreprise. Les résultats de l'exercice comptable de l'année écoulée furent publiés, comme à l'accoutumée, dans la grande salle de conférence. Et si M. Bertaud présentait un bilan financier globalement satisfaisant, annonçant même une légère hausse par rapport à l'an passé, il y avait un département très déficitaire et en net retrait vis-à-vis des autres. Harry Konzca et André Martin furent immédiatement convoqués, en présence d'un Juge des Finances, et sommés de s'expliquer. La catastrophe de l'aéroport était pour une bonne partie responsable de ce déficit, ayant entraîné dans son sillage la méfiance de certains investisseurs et une négociation à la hausse des contrats liant TAA et plusieurs de ses partenaires industriels.

A la sortie de cette audition, André était quelque peu décontenancé. La nuit tombait ; il décida de ne pas s'attarder et rentra chez lui, la tête brouillée par les mesures comminatoires qui lui avaient été signifiées. Le soir venu, il prit son repas en compagnie d'une charmante dame, compréhensive, attentive à ses problèmes actuels. Elle sut suffisamment le distraire pour qu'il occultât ses ennuis le temps du dîner. Karl avait toujours le don de débusquer la bonne personne au bon moment, en l'occurrence ici, une véritable amie, confidente d'une soirée. Comme il ne disposait pas d'un crédit illimité, il demanda de la faire disparaître en milieu de soirée. La jeune femme lui adressa un dernier clin d'œil complice, souffla un baiser du bout des lèvres, et s'évanouit dans un vacillement d'image. André s'adonna alors à la lecture de son quotidien électronique. Même si chaque page était truffée de nano processeurs et de circuits miniaturisés, le fait élémentaire de tenir un journal, de le feuilleter avec l'agréable sensation du contact du papier sous les doigts lui procurait un indicible plaisir. Plaisir désuet puisant ses racines dans un lointain héritage. Il resta plongé dans la lecture des articles se concentrant sur les relations internationales. Alors qu'il s'apprêtait à changer de page, il s'aperçut que le filet laconique commentant les résultats de TAA – qu'il avait survolé auparavant – s'était étoffé. Cela était curieux car, souvent le soir, seule la rubrique sportive et celle des faits divers se mettait à jour en temps réel, selon les événements qui se déroulaient au moment même de la lecture. Le cœur battant, il parcourut les lignes ajoutées en sus :

« Après ces deux faits majeurs préjudiciables (accident aéroporté et bilan financier en demi-teinte), une préconisation de la CSDI pourrait être à l'ordre du jour. La recommandation pourrait concerner les dirigeants – directeur et directeur adjoint – du département incriminé. »

Le journal tomba à terre. Pourrait. C'était écrit *pourrait*. Du conditionnel donc, rien de sûr, rien de fondé. Peut-être que la CSDI abandonnerait son idée, après tout, les déboires n'étaient pas si terribles que cela.

Mais plus il tentait de se persuader, plus il savait qu'il se mentait à lui-même. Dès lors que le redoutable organisme envisageait une procédure, il était bien rare qu'il abandonnât son projet en cours de route. L'onguent de bien-être que lui avait prodigué l'hologramme s'était envolé. La soirée était gâchée. Il se coucha et passa une nuit agitée, ponctuée de rêves éreintants.

Dès le lendemain et pendant les jours qui suivirent, il perçut à son travail les premiers regards interrogateurs, déjà gangrenés par la suspicion. Le couperet tomba une semaine plus tard . Son nom apparut dans le bulletin mensuel de la CSDI, perdu au milieu d'autres, avec la mention de son nouvel emploi : consultant. Son bureau fut immédiatement réquisitionné pour les besoins du nouveau directeur pour lequel Erika dut se mettre au service. André fit des pieds et des mains pour obtenir qu'elle restât sa secrétaire à temps partiel. En vain.

Son rôle consistait désormais à prendre l'avis des experts mandatés sur un dossier particulier, d'en réaliser une synthèse, et de soumettre celle-ci lors des réunions concernant le projet. Il demeurait dans le cadre de TAA mais naviguait dorénavant dans tous les départements. Comme son titre l'attestait son avis, bien qu'écouté sentencieusement, n'était que consultatif. André vivait mal cette régression, le fait seul de se plier aux volontés du nouveau directeur adjoint lui apparaissait insupportable. Heureusement ses plus proches amis veillaient au grain et lui tendirent la main aux premiers signes manifestes d'atonie.

A la veille de l'été, André semblait très affecté par sa situation. Nicolas – un collègue devenu ami – l'invita à se distraire avec quelques camarades dans son appartement du XXIVème arrondissement. Afin que leur camarade se sentît le mieux possible, ils organisèrent de concert un repas « transposé » ayant pour thème les îles exotiques dont ils savaient qu'André raffolait. Quand ce dernier pénétra dans le vestibule de l'appartement, une brise marine vint lui caresser la peau tandis qu'une odeur iodée emplit ses narines. Cette attention l'émut. Il retira ses chaussures afin de se mettre nus pieds et de profiter de la sensation de granulation sous ses pas. Le sable crissait sous un soleil flavescent, situé haut dans le ciel. Bien sûr, la « plage » était petite – aux dimensions de la salle de vie de l'appartement – et les cocotiers ou rochers nombreux, en lieu et place des murs, mais il plongea de suite dans l'ambiance outremer. Il rejoignit ses amis assis au bord de l'eau et dont les pieds se faisaient nonchalamment lécher par les dernières vagues mourantes sur le rivage. Il les étreignit longuement. Ils dînèrent tous les quatre sur une table et des bancs de bois, au bord de l'océan. Nicolas avait même programmé un coucher de soleil avec voiliers à l'horizon. Apercevant les visages de ses amis tamisés par les reflets changeants, la nuque caressée par les deniers rayons de l'astre déclinant, André oublia pour un instant ses déboires et passa une agréable soirée. Au dessert, composé d'un superbe plateau de fruits exotiques, il éprouva le besoin d'aborder ce qui le contrariait. Il parvint à évoquer le sujet calmement, posément. Ses trois amis adoptaient un point de vue différent selon leur caractère.

L'ingénuité, voire la forme de candeur, dont faisait preuve Joachim l'avait tout d'abord surpris. Puis son esprit, las des pressions psychologiques qu'il s'infligeait à lui-même, s'était peu à peu rallié à la position de son ami. Cela faisait du bien de croire que tout cela n'était, en définitive, qu'un épiphénomène. Tel un mousquetaire, Joachim pourfendait de son optimisme béat les angoisses d'André.

« Non je crois qu'il faut relativiser, disait-il relevant une mèche de ses longs cheveux, tombée négligemment sur le front. Des exemples comme toi, j'en connais, on en connaît tous des dizaines. Crois-moi, l'écrasante majorité a retrouvé ses fonctions d'origine et quand ce n'était pas le cas, ils ont su rebondir pour une autre vie.

Et soudain ses prunelles se brouillaient, s'humidifiaient :

– Une autre vie ... »

Le ton était désormais évocateur, il embarquait ses amis sur le navire de ses songes et, ensemble, ils gîtaient doucement au gré des rêves du conteur. Quand l'évocation menaçait de prendre une tournure trop grave, que les trémolos se mêlaient au flot des paroles, Luc se chargeait de tourner en ridicule la situation avec des caricatures grotesques, ce qui avait pour effet de tout désamorcer dans un grand éclat de rire. Luc, le premier ami. L'ami de toujours. Ils s'étaient connus sur les bancs de la faculté orbitale. Ces trois années passées au sein de la station-ville spatiale les avaient rendus inséparables. Les escapades amoureuses sur l'astéroïde voisin, interdit, les virées entre copains, les retours sur Terre avaient forgé une amitié très forte. Lui n'occultait pas le sujet de préoccupation d'André, ni ne le minimisait. Il savait écouter lorsque son ami ressentait des besoins d'épanchement impérieux, puis le plus souvent il prenait la parole pour conseiller, rassurer et son ton calme, pondéré, rassérénait André. Mais quand les moments s'y prêtaient, il n'ignorait pas non plus les vertus du silence quand celui-ci se faisait baume apaisant des douleurs et des souffrances.

Ce fut Nicolas qui proposa d'aller ensemble muser sur le portail Internet de la CSDI. Joachim approuva avec force vigueur ; ainsi s'apercevraient-ils que cette affaire n'était qu'une tempête dans un verre d'eau. Luc, pour sa part, préféra demeurer dans la douceur des alizés et déclina l'invitation. Ils s'assirent chacun sur un pouf translucide qui fut immédiatement parcouru par une lueur bleutée, phosphorescente. Des milliers de pico processeurs se mirent en fonction, certains établissant un contact direct avec le cerveau des humains, afin de naviguer au plus près de leurs desiderata. D'un commun accord ils se calèrent sur André qui conduirait les opérations. Une ITT (Interruption Temporelle Temporaire) fut programmée à cet effet. Luc pourrait à loisir continuer à déambuler dans son paysage d'île, et *simultanément* les trois internautes – bien que situés dans la même pièce que leur camarade – vivraient au rythme des images et des vidéos, générées au hasard des sites, croisées sur la Toile. Sans pour autant que l'un des décors n'interférât sur l'autre. Il fallait juste garder en mémoire certaines contraintes ; ainsi Luc savait que les deux rochers à moitié immergés à quelques pas de la rive et le vénérable palmier dattier figuraient, dans l'espace *réel*, les trois poufs et qu'il ne fallait point les tâter de la main si on ne voulait pas sentir des formes étrangement humanoïdes.

André demanda un point d'entrée sur le réseau Supra-Net qui regroupait les connexions Internet de la Terre, des stations orbitales et celles de la Lune. Un cube – dont ils occupaient le centre - aux contours incertains les engloba bientôt : la zone de visualisation de la session prenait corps. Comme ils n'allaient être que spectateurs, les silhouettes des deux amis d'André furent extraites pour un rapide calcul afin d'être incorporées de façon constante au motif de la zone. Ils disparurent du champ de vision de l'internaute actif ; ils seraient désormais – et pour le reste de la session – fondus au sein de chaque image, quelques soient les sites visités. Nicolas n'ayant pas de page d'accueil particulière, le cube se remplit d'une lumière neutre avec le passage au loin d'un vol majestueux en V de butors translucides aux rémiges noires, le logo du fournisseur d'accès à Supra-Net. André murmura un mot et se retrouva instantanément projeté au-dessus d'une imposante coupole flanquée de petites tours semblables à des minarets. Pareilles à des gouttelettes d'eau crépitant sur un étang, des myriades de minuscules cercles s'élargissant au fur et à mesure, vinrent brouiller la vision. Et, dans l'une de ces orbes floutées, se détachèrent distinctement les lettres CSDI. Après un bref moment, une charmante hôtesse au buste envoûtant surgit, et s 'avança nonchalamment vers lui :

« Bonjour visiteur n° 12 714 de la soirée. Souhaitez-vous ...

– Mode texte et connexion privée pour la CSDI, la coupa André d'une voix impatiente. »

Il n'avait pas de temps à perdre. Il ne se sentait pas la force ni l'envie d'opter pour le mode personnalisé où il se verrait, hologramme, à converser avec d'autres semblables, entrouvrir des sas virtuels pour accéder aux informations, etc. La jeune femme lui décocha un sourire de circonstance et s'effaça. L'espace intérieur du polyèdre se tamisa de rouge pour entrer dans un protocole sécurisé, et un cadre d'identification prit forme. André déclina son identité et traça sur son pouf une combinaison de signes abscons. Parallèlement une batterie de tests s'engagea via ses empreintes digitales, l'empreinte de sa rétine et l'analyse partielle de son ADN grâce à un mini prélèvement pratiqué sur son index.

« Bonsoir André Martin ; nous sommes le vendredi 17 juillet et il est 22h42. »

Une liste d'images emplit l'espace, papillonnant autour de lui ; il pouvait ainsi accéder à ses *données personnelles*, aux *avis et recommandations*, aux *tableaux de correspondance*, aux *calculs de probabilité,* à *votre Capital de Dégradation*, aux *mandats d'amener*, à l'*historique* ...

« Capital de Dégradation, articula-t-il d'une voix sèche. »

Les images s'évanouirent et laissèrent place à un nombre à trois chiffres : 750. Il dédaigna le diagramme historique de son capital de points et se déconnecta sur le champ. Le gouverneur du logis de Nicolas s'enquit poliment de la volonté d'André concernant une fin éventuelle de la session. Comme la réponse fut affirmative, le cube reprit son aspect crémeux initial, puis se dissipa dans un effet de fondu-enchaîné pour laisser les contours de l'appartement reprendre possession des lieux. Nicolas fut le premier à briser le silence.

« On rejoint Luc pour en parler tous ensemble ? En plus ça nous évitera le ridicule d'être en short et claquettes au milieu du salon d'un appartement ...

André dodelina dans un signe de négation.

– Non, je n'ai pas envie. Je lui dirai plus tard.

– Eh ! Cool man, tranquille ! intervint Joachim. OK ton score est en-dessous des nôtres mais ça on le savait déjà, non ?

– Je ne m'attendais pas à une telle dégringolade, souffla André à part pour lui-même.

– Il n'est de chute qui ne soit inéluctable, professa Joachim, le doigt levé, ainsi que le dit ... ainsi que le dit je ne sais plus qui, mais en tout cas ça signifie que si aujourd'hui est au plus bas, demain ne pourra que être meilleur. CQFD.

– Tout est toujours simple pour toi. Je t'envie.

– Et pourquoi les choses devraient-elles être compliquées ? Je te le demande bien !

– C'est vrai quoi, renchérit Nicolas, tu es encore loin du premier seuil.

– Très drôle, lâcha André d'un ton cassant.

Il dévisagea ses deux amis et ne lut que du désappointement.

– Excuse-moi Nicolas. Vous avez peut-être raison. Embrassez bien Luc de ma part et dites-lui que je le rappelle. Je préfère rentrer ; un grand merci pour cette soirée. »

Il se rhabilla et s'éclipsa, l'air absent.

Pendant les mois qui suivirent, la vie poursuivit son cours, et André ses activités. Mais la séance chez ses amis l'avait traumatisé. Et désormais, il se connectait régulièrement au site de la CSDI pour surveiller l'évolution de son capital de points. Dieu merci aucune baisse ne fut à déplorer, il eut même l'agréable surprise de découvrir une légère augmentation, en raison d'une excellente notation de l'un de ses supérieurs ; mais pas de quoi pavoiser puisque son quota restait en-deçà de 800.

Kévin, le mari de son ex, s'était soudainement trouvé une amitié indéfectible pour lui. A chacune de ses visites, il ne cessait de demander des nouvelles de son travail, de ses relations. Il s'informait aussi, plus insidieusement, de son bien-être psychique, de la façon dont il vivait ce début d'ostracisme – selon ses propres termes – et il assurait André de le pouvoir toujours trouver en cas de nécessité. André éprouvait une désagréable impression en sa compagnie ; l'échalas et sa commisération feinte lui donnaient la nausée. Des relents de haine lui montaient parfois jusque dans la bouche et les poings.

A cette époque, il se lia davantage avec Erika qu'il invitait à investir son appartement plus souvent, au grand dam de Karl, relégué alors à un rôle strict d'intendance. Une solide amitié s'établit entre l'homme et le processeur ; elle devint sa confidente, cette touche féminine qui manquait à sa vie.

Mais à la fin de l'hiver, il fut éclaboussé par un scandale financier de grande envergure aux ramifications multiples. Il tomba des nues lorsqu'il prit connaissance de son implication, ne voyant rien qu'on pût lui reprocher.

Tout s'était déroulé voilà maintenant quatre ans. TAA venait de conclure un contrat juteux avec une filiale d'un transporteur asiatique, deuxième entreprise en termes de chiffre d'affaire dans son secteur. Bertaud l'avait fait mander quelques jours après, par une matinée pluvieuse. Il se souvenait encore du tambourinement de la pluie qui couvrait en partie les mots de son chef. Bertaud lui avait proposé de fournir certaines pièces détachées, ayant déjà servi, au prix du neuf. Les pièces ne rentraient pas en ligne de compte pour un fonctionnement critique des appareils et la facturation s'effectuerait au prix de la sortie d'usine – au plus quelques euros d'écart - , les sommes dégagées servant à alimenter le plan de formation continue du département. En toute légalité, assurait-on. Il avait accepté, n'y voyant pas malice, déterminé à œuvrer pour le bien de l'entreprise et, conséquemment, de sa carrière. Tout se déroula sans anicroches jusqu'au jour où une équipe d'inspecteurs, déléguée par le ministère des transports de la Triplice, vint constater l'usure anormale de l'une de ces pièces. L'enquête, rapidement et efficacement menée, mit à jour le subterfuge d'une ampleur insoupçonné puisque de nombreux dirigeants d'autres départements furent également mis en cause.

Les plaintes pour abus de biens sociaux dégoulinèrent sur la multinationale. André écopa pour sa part d'une peine de trois ans avec sursis, assortie d'une lourde amende avec parution des faits dans tous les médias appropriés.

Inutile de préciser qu'une nouvelle recommandation de la CSDI suivit de peu cette condamnation. Et, bien que n'émanant pas d'un organisme judiciaire, elle était davantage attendue, voire redoutée. La commission, fidèle à sa ligne de conduite, enjoignit l'entreprise de se séparer des fauteurs de trouble, au premier rang desquels figurait André.

Alors commença la longue quête pour retrouver un emploi. La peur s'insinua, prit ses quartiers dans son estomac, pour ne plus jamais le quitter. Il ne disposait plus que de six mois.

Lors du premier trimestre, loin de se décourager, il déborda d'activités, démarcha toutes les sociétés que son CV était susceptible d'intéresser ; et finit par élargir son champ de recherche à celles requérant des compétences plus ou moins proches des siennes. Malheureusement l'UE était entrée dans une phase de récession aiguë depuis peu et il se heurta à une fin de non recevoir, polie mais ferme. Alors il contacta les stations orbitales ainsi que les stations lunaires. Mais les portes restaient désespérément closes au son de sa supplique. Luc le secondait du mieux qu'il pouvait dans sa tâche, n'hésitant pas à jouer de ses relations à l'occasion. Les quatre amis scellèrent leurs retrouvailles vers la fin de cette période. André oublia pour un soir ses sombres pensées et s'abîma, âme perdue, dans la désinvolture de Joachim jusqu'à croire, l'espace de quelques heures, être un citoyen comme les autres.

Le quatrième mois débuta. Et avec lui, le compte à rebours.

Son ex-épouse, prétextant une fallacieuse raison, « omit » de lui déposer les filles la première semaine. André menaça de contacter la Commission des Avocats ce qui amena Catherine à de plus justes dispositions. Il obtint de voir ses filles le dernier dimanche du mois.

Pour se changer les idées, il décréta une sortie pour toute la journée. Ils se rendirent tous les trois à la périphérie de la ville en empruntant une navette collective. Depuis qu'il n'avait plus de travail, André ne percevait plus qu'une rente minimale qui ne lui permettait pas d'entretenir son véhicule personnel. De part et d'autre de l'avenue qu'ils remontaient, des larges panneaux couvrant des façades entières vomissaient en continu des messages publicitaires, ou vantaient les délices de destinations lointaines. On naviguait entre boîtes de soda et adorables cabanons perdus sur un front de mer, derniers procédés de thermorégulation appliqués à différents textiles, ou la vision idyllique du clapotis doucereux d'un lagon turquoise. Certains passants chaussaient leurs lunettes numériques et réglaient l'effet 3D sur un thème qui leur plaisait. On assistait alors parfois à de biens curieux spectacles. Parmi la majeure partie des gens qui déambulaient normalement, quelques individus prenaient tout-à-coup des poses étranges, ou se mettaient à gesticuler de façon désordonnée. D'autres encore se massaient le ventre avec délice ; on était à peu près sûr qu'ils avaient enclenché la balise olfactive ou gustative, et qu'ils goûtaient la dernière pilule de poulet parfumé au gingembre.

« Papa ! Regarde celui-là ! s'écria Ludmilla, en désignant un grand chauve qui faisait des mouvements de brasse.

– Il s'est aventuré trop loin, il ne doit pas plus avoir pied, dit André en rigolant. J'ose espérer qu'il est en mode transparence et qu'il ne va pas nous décocher des grands coups à notre passage ! »

Mais il n'y eut pas de contact, en citoyen avisé et conscient de ses devoirs, l'homme contournait habilement ceux qui l'environnaient ; d'ailleurs il devait s'être déconnecté puisqu'il reprit une marche normale juste après. Cet intermède égaya André. Il était heureux et surpris : c'était comme s'il faisait la découverte de ce sentiment, cela ne lui était pas arrivé depuis longtemps, il avait bien l'intention de profiter pleinement de la journée.

Un peu plus tard ils arrivèrent en vue d'une grande tour cylindrique devant laquelle s'étirait une longue file de personnes. Ils prirent leur tour et s'armèrent de patience. André savait que ce parc d'attraction ferait le bonheur de ses filles et, à voir la façon dont elles sautillaient dans tous les sens en glapissant, il eut la satisfaction d'avoir opté pour le bon choix. Lorsqu'ils pénétrèrent dans le vaste hall d'accueil, André tiquait cependant de nervosité. Il supporta sans mot dire, mais livide, la détection usuelle de parias. Il se prit à envier que certains eussent réussi à tromper la vigilance des processeurs et qu'ils fussent là, tapis quelque part dans la foule, à les observer. Cette détection – usuelle, pourtant – lui gâcha le reste de la journée. Il ne regarda que d'un œil distrait les animations proposées, obnubilé par les parias. Il se mit à devenir atrabilaire, ses filles l'agaçaient. Après tout, la Vie les attendait, elles avaient tout leur temps. Alors que lui... Et puis il se sermonnait, il lui fallait profiter de ses enfants, rien n'est jamais écrit à l'avance, d'ici peu il pourrait tout à fait décrocher une offre d'emploi.

L'après-midi se passa ainsi, entre brèves euphories et déprimes. Il fut finalement soulagé que tout cela finît, en fin d'après-midi. La cyclothymie ne lui seyait pas.

Il se réfugia dans sa chambre. Détectant immédiatement les idées noires qui l'assaillaient, Erika fit résonner à travers la pièce sa douce voix :

« André, il est interdit de sombrer dans le désespoir, je te rappelle que c'est la ...

– ... règle n°1 que l'on s'est donné, oui je sais, coupa-t-il sèchement. Mais qu'est-ce que tu crois ? Que je vais entamer une valse endiablée alors que c'est le néant au niveau boulot ??

– Une valse, eh eh pourquoi pas si c'est avec moi ...

– Comment peux-tu encore plaisanter maintenant ? bondit André. Bien sûr, toi, tu n'as rien à craindre, tranquille, bien retranchée dans tes fils et tes circuits ...

– Tu n'es pas obligé d'être blessant, tu sais ...

– Blessant ?? hurla André. Ah ah ah, laissez-moi rire, dis-moi, tu as de la peine ? Tu *ressens* une émotion ? Je te rappelle que tu n'es qu'un ..., qu'une machine !

– Bonsoir André. La « machine » se déconnecte, lâcha Erika dans un souffle tremblant.

– C'est ça, c'est ça, va-t-en toi aussi !! cria t-il en jetant violemment son verre à l'endroit d'où sortait la voix du processeur. »

Il resta quelques instants suspendu à son dernier geste, puis s'effondra en hoquetant de rage. Les milliards de transistors disséminés dans les parois des murs calculèrent en une fraction de seconde l'environnement qu'il fallait servir à l'homme abattu. Une musique sud-américaine se fit entendre, accompagnée d'un bercement presque imperceptible du sol . Une faible odeur iodée vint chatouiller ses narines. Tout était réuni pour calmer l'homme, le ramener à un état plus digne. « ASSSSSSEEEEZ ! hurla André, Je n'en peux plus !! Coupez-moi toutes ces saletés !! »

S'ils eussent été doués de vie, à n'en pas douter, les processeurs auraient sursauté d'incompréhension. Mais ils ne l'étaient pas, aussi eurent-ils tôt fait d'accéder à la demande de cet être imprévisible, capable de déjouer des algorithmes de génie.

Les dernières semaines furent les plus longues et les plus courtes à la fois.

Son carnet d'adresses rétrécissait comme peau de chagrin. Les amis, subitement, se faisaient plus discrets, voire rares. Le gouverneur du logis de Nicolas était aux abonnés absents, Joachim était parti précipitamment à l'autre bout de la planète. Il restait Luc qu'il parvint à avoir en vidéo conférence après de multiples essais infructueux. La liaison était étonnamment de mauvaise qualité, même le son crachotait. Luc parut distant, fatigué et ayant peu de temps à lui accorder.

Après cela, il se mit à errer lamentablement dans son quartier, puis dans son immeuble et enfin dans son appartement. Un soir, fatigué, ployant sous le poids de sa destinée, il fut pris d'une saine et légitime colère.

Comment en était-on arrivé là ? Il connaissait les grandes lignes de l'histoire, ce que la société transmettait de générations en générations ou ce qu'on lui avait inculqué lors de son parcours scolaire, mais maintenant, *aujourd'hui*, il ressentait un vif besoin, presque violent, d'en savoir plus, de tout savoir. Habité d'une soudaine frénésie, il s'identifia à un point de connexion vers Internet, et commença de surfer sur la Toile, balayant les sites à une vitesse hallucinante. Il ne tarda pas à obtenir l'historique complet et détaillé de la tragédie.

Tout avait commencé lors d'une réunion du conseil d'administration de la Sécurité Sociale qui fit date. Mais il fallait remonter bien avant pour comprendre ce qui avait amené une telle décision.

Quelques siècles auparavant, au cours de l'été 2006, un quotidien à fort tirage évoqua, dans l'un de ses filets, une réaction de la population de la capitale de France à l'encontre d'une catégorie de personnes. Cet événement pouvait, à posteriori, être considéré comme les prémices frémissants de ce qu'il advint par la suite. En cette lointaine époque, Paris connut un vent d'agitation. Plusieurs de ses habitants s'indignèrent de la prolifération de tentes posées en pleines rues pour accueillir des personnes sans domicile fixe. Il y eut des protestations, des plaintes furent même déposées à l'encontre du maire de la ville. Cela n'excéda guère l'été, mais un pas avait été franchi.

Par la suite la situation se dégrada sensiblement pour ce pays ainsi que pour l'ensemble des terres occidentales. L'endettement atteignit un niveau jamais égalé ; on assista à une dramatique paupérisation que rien ne semblait devoir arrêter. Une grande partie des classes moyennes bascula dans la misère et se retrouva obligée de multiplier les petits travaux au noir pour survivre. Les classes défavorisées, elles, glissèrent sur le terrain mouvant de l'apathie ou de la morgue, terreau fertile de la future violence qui n'allait pas manquer d'éclore. Les intérêts de la dette européenne explosèrent dans le courant du XXIIème siècle, s'écrivant désormais avec plusieurs zéros. À cette époque les quatre puissances dominantes, les États d'Amérique du Nord, l'Union Européenne, le Grand Empire Slave et la Triplice Asiatique, se trouvaient toutes au bord de la banqueroute. Partout, déjà, des mouvements populaires fomentaient des révolutions à venir.

Ce fut la Triplice Asiatique qui la première prit la décision qui enclencha, tels des dominos, tout ce qui s'ensuivit. Constatant qu'une bonne partie de sa population vivait à crédit, sollicitant toujours un peu plus les banques, faisant baisser la consommation, sans jamais avoir l'espoir de s'en sortir un jour, le triple gouvernement promulgua un décret autorisant la mise en espaces clos de cette catégorie de gens. Bien sûr, ils étaient nourris et logés aux frais de l'état, mais on avait réalisé des économies d'échelle considérables sachant qu'on les employait à des travaux d'intérêts généraux.

Cependant la situation ne cessait d'empirer dans le monde. Le surendettement des états finit par provoquer de fortes tensions financières qui elles-mêmes furent à l'origine de crises politiques plus ou moins graves. Dans les années 2250, on atteignit un point de non retour : l'intérêt seul de la dette pour l'Europe ne pouvait être compensé par trois générations successives de remboursement à hauteur de 50 000 euros par habitant et par an. Du reste, cela faisait déjà longtemps que l'ensemble des puissances consacrait la quasi-totalité de leurs recettes à essayer de combler ce gouffre financier démesuré. Plus aucune somme n'était allouée au titre de l'éducation, des sciences ou de la défense. Seul un organisme tirait péniblement son épingle du jeu. Calqué à l'origine sur le modèle français, la Sécurité Sociale s'était étendue au niveau des supers états.

L'écart de revenus entre les plus aisés et le reste de la population s'était creusé de façon exponentielle ; pourtant même les nantis ne pouvaient se targuer d'être à l'abri du besoin ; un nouveau Code de l'Endettement avait en effet vu le jour, et dans lequel tous les revenus du capital étaient mis à contribution pour *« un soutien de la finance, sous toutes ses formes, à la pérennité de la nation »*. Ainsi, malgré l'expurgation progressive de catégories des ayant-droits de la Sécurité Sociale, ceux qui en bénéficiaient encore voyaient leur part de cotisation augmenter sensiblement chaque année. Il devint évident que chaque puissance ne pourrait s'en sortir seule, indépendamment des autres. Les conseils d'administration de la Sécurité Sociale de chaque super-nation fusionnèrent pour donner naissance à un comité d'un demi-millier de personnes, seules encore à détenir un semblant de pouvoir et d'argent dans le monde. Ce monstrueux conseil comptait dans ses rangs tous les présidents ou dirigeants des quatre puissances mondiales, les membres des gouvernements, les représentants des chefs d'entreprises, ceux des cadres et ceux des notables ayant encore pignon sur rue. Ils se mirent à travailler à marche forcée sur une résolution secrète qui les devait sortir de l'impasse. Le temps pressait : les pays du sud exerçaient une énorme pression, des guerres civiles éclataient, un raz-de-marée de tout ce que le genre humain comptait d'exclus ou qui étaient sur le point de le devenir menaçait de se déverser sur le monde développé. La plèbe était en rage, la planète allait imploser.

Enfin le 14 juillet de l'an 2307, le Conseil d'Administration Mondial de la Sécurité Sociale adopta à l'unanimité la résolution n° 23A-ER. Celle-ci permettait le déblocage de fonds spéciaux pour une période de cinq ans. Toutes les puissances s'engageaient à alimenter cette réserve en l'inscrivant, pour la période donnée, comme le premier poste de leur budget respectif. Les sommes ainsi récoltées seraient presque exclusivement dédiées à la recherche, dans un domaine très précis. Car les satrapes de notre monde avaient arrêté une décision révolutionnaire, de cynisme entachée. Il était de la plus haute nécessité de se débarrasser de toute une catégorie de gens dans la société avant que celle-ci ne s'écroulât sur elle-même. Mais on ne pouvait décemment exterminer un quart de la population mondiale, sans parler du coût exorbitant que cela supposerait en matériel et en hommes. La solution des bagnes et des travaux forcés ne résolvait rien non plus puisque la société devrait encore payer pour subvenir aux besoins de base de tous les forçats. En définitive, il fallait exclure les miséreux sans pour autant attenter à leur vie et de telle sorte qu'ils ne coûtassent pas un sou à la communauté. La Science devait obvier à tout ceci. Le principe était de trouver une substance capable d' « effacer » du monde réel les indésirables avec une suppression de leurs besoins vitaux, et une incapacité à agir sur leur ancien monde. Le procédé consistant à soustraire un être vivant à la vue pouvait paraître ardu, mais depuis la découverte des méta-matériaux au début du XXIème siècle[1], des progrès rapides avaient été réalisés en la matière et désormais, on pouvait rendre invisible n'importe quel objet. Des recherches pour étendre cette étonnante faculté aux êtres vivants avaient bien commencé quelques décennies auparavant mais, faute d'argent, avaient été abandonnées. La résolution n° 23A-ER prévoyait justement de reprendre ces travaux et de les mener à terme dans un délai de cinq années. Il en allait de la survie de la Terre.

Des équipes d'éminents spécialistes furent constituées dans tous les pays, en interaction sans cesse. Les sommes allouées étant phénoménales, les primes promises tout aussi considérables, tout alla très vite. Le 24 mars 2311, soit presque quatre ans après la résolution n° 23A-ER, les premières conclusions des scientifiques arrivèrent sur la table des technocrates : le but était

1 véridique

atteint. Il suffisait d'inoculer par intraveineuse au patient une dose d'un liquide gorgé de molécules allant chacune se fixer en surface du corps selon un algorithme savamment élaboré afin qu'elles recouvrissent uniformément la peau entière. Ces molécules sous l'effet d'un champ magnétique particulier déviaient les rayons lumineux, créant une sorte de trou de lumière, ceux-ci reprenant leur trajectoire normale après les obstacles. Il ne restait plus qu'à faire en sorte que l'effet du champ magnétique soit continu et perpétuel, et le tour était joué.

Un échantillon représentatif de condamnés se vit inoculer, avant que d'encourir la terrible radiation, une puce électronique dans le cerveau permettant une localisation précise, et le suivi de l'invisibilité dans le temps grâce à une batterie de paramètres transmis périodiquement à divers laboratoires. Puis des cohortes entières de désœuvrés disparurent soudainement, du jour au lendemain, de la surface de la Terre.

Mais les autorités se rendirent vite compte que, bien que n'étant plus visibles, les *parias* – c'est ainsi qu'on les appelait désormais – restaient néanmoins bien présents parmi la population. Et comme tout le monde, ils avaient besoin de boire et de manger pour subsister. On découvrit de nombreux méfaits leur étant directement imputables : vols de toute sorte, agressions physiques, viols et autres délits du même acabit ... Des déflecteurs spéciaux dits « répulsifs » furent alors mis au point, qui éloignèrent définitivement les indésirables des villes et de certaines zones de campagne. On racontait cependant que, çà et là, dans certains quartiers – résidentiels le plus souvent – des femmes désactivaient délibérément leur réflecteur, espérant peut-être un voyeur invisible pour d'inavouables actes qu'elles seules pouvaient imaginer.

André se déconnecta brutalement, le ventre noué.

La voix métallique de Karl le fit bondir : « La brigade d'intervention de la **C**ommission de **S**urveillance de la **D**égradation des **I**ndividus, monsieur ».

Des pas et des voix résonnèrent dans sa demeure. La tête lui tournait. Un immense dégoût lui montait à la bouche. Karl l'avait appelé *monsieur*. En presque quarante ans, c'était la première fois. Ainsi il était déjà rayé de la liste des vivants.

Des hommes l'entouraient maintenant, s'affairaient dans tous les sens. Un détail vestimentaire attira son attention. Le col rehaussé des uniformes était *impeccable*. Aucune tache, aucun pli, une alternance stricte de zébrures mates et brillantes. Cette absence de défauts le bouleversa, lui dessilla le regard. Une étrange bulle ouatée l'emmaillotait désormais, comme une fine pellicule entre lui et les autres. Il sentait son être tout entier fondre à l'approche du grand saut. Un terrible tremblement saisit son corps qui fut parcouru de hoquets inextinguibles. A présent ils remuaient les lèvres, mais leur col restait de marbre. On devait lui parler. Si seulement il pouvait les comprendre ! Mais non en fait, ce sont eux qui ne le comprennent pas. Ce sont eux les victimes de la société, protégés par des décennies de servitude et quelques plats lyophilisés. Il y en a un qui s'approche. Il a l'air de faire une déclaration. Les autres dévisagent soudain André. Que lui arrive-t-il ? Un liquide brûlant dégouline le long de ses joues. Il pleure. De joie. Mais ils ne savent pas, ils ne peuvent pas savoir. Ils ne sauront jamais. Il voudrait les remercier mais l'émotion le paralyse. Un fauteuil très spécial est installé. Il se jette à genoux devant le rédempteur. Il se sent agrippé, des bras l'attrapent, le forcent à s'asseoir. Il n'a pas le temps de le baiser. Alors il le couve de tout son regard, de toute sa foi. Encore des mots, une déclaration officielle sans doute. Cela n'en finira-t-il donc jamais ? Ces gens tout autour lui font pitié, ils vont rester prisonniers. Une perfusion lui transperce le bras. C'est indolore. Une dernière pensée le traverse.

Je quitte le chemin bourbeux, insidieux, escarpé de mon ancienne vie, pour une voie céleste qui me remplira par sa suavité et sa douceur.

Je vais rejoindre les hommes.

LOCATAIRES IMPORTUNS

Une main gantée, blanche, au-dessus d'un amas de feuilles éparpillées sur une table basse. La main saisit une liasse. Les pages sont noircies d'une écriture dynamique, enlevée. La main élève la feuille à hauteur des yeux et ceux-ci commencent leur balai incessant, de gauche à droite.

D'octobre 2004 à septembre 2006

Ma première rencontre avec Anna date d' il y a à peine deux ans. À cette époque, elle commençait tout juste à intriguer quelques journaux en quête de sensation. Le « Miroir de la Seine » ne dérogeait pas à la règle et je sautai dans le premier train à destination de Genève, content de m'évader un peu de la capitale.

J'étais bien loin d'imaginer où cela me conduirait. À dire vrai, l'eussé-je su que j'ignore, rétrospectivement, si j'aurais pris ce train. La tournure que prennent les événements actuels, la tragique nouvelle de la semaine passée, insinuent désormais dans mes veines le parfum trouble de la peur.

Dans le train, je pris place à côté d'une retraitée au visage flétri, de verres à double foyer affublée. Je ne lui décochai pas même un regard, éprouvant depuis toujours un mépris non dissimulé pour cette image dégradante de notre devenir. Alors que la voiture s'ébranlait, j'ouvris mon ordinateur portable et entrepris d'apporter quelques modifications à mon dernier article. Le voyage s'effectua sans peine, coupé dans sa monotonie par un appel de Sylvie à qui je promis, dès mon retour, un dîner aux chandelles dans un restaurant afghan.

J'arrivai dans la capitale romande en fin d'après-midi. La fraîcheur vivifiante de l'air m'extirpa brutalement de la douce torpeur dans laquelle les trois heures de voyage m'avaient plongé. De fines particules opalescentes dégoulinaient des nues, mouchetaient le quai de gare. La différence de température par rapport à Paris était flagrante.

Mon rendez-vous avec Anna était programmé pour le lendemain ; j'avais donc tout le temps d'arriver tranquillement à mon hôtel. Comme de juste, le taxi me déposa peu après à proximité d'une bâtisse sordide, toute de guingois, dans un quartier populaire situé à la périphérie de Genève. La ladrerie de mon rédacteur en chef n'en ressortirait que renforcée. Une étoile clignotait tout de même sur le fronton de l'établissement.

L'ameublement de la chambre était tout ce qu'il y a de spartiate : un lit, un placard et des toilettes. Mais cela m'allait parfaitement. N'étant pas du matin, je décidai de me raser pour être présentable le lendemain. J'aperçus dans la glace un homme d'âge moyen, au crâne oblong et chauve, avec un nez fin, busqué. Je fuis le regard vitreux qui me fixait, et me concentrai sur le rasage méthodique des joues, ne m'étant jamais tout à fait réconcilié avec mon physique depuis la prime adolescence. Puis je me claquemurai afin de passer une nuit convenable. Je ne supporte pas, en effet, le moindre rayon de lumière – si infime soit-il – lorsque je dois succomber aux tentations de Morphée. Cela a le don de me rendre parfaitement irascible.

Le dernier concert des Rolling Stones me tira du sommeil. Le jour s'était levé, à en croire la clarté qui baignait la chambre et les bruits de circulation au dehors. Mon mobile couinait avec la voix de Mike Jagger sur mon sac. Je tâtonnai quelque peu et l'empoignai.

« A ... , allo ... parvins-je à dire d'une voix engluée.

– Lucas ? C'est moi, ton petit moineau doré, ta douce fleur orangée ! Je ne t'appelle pas longtemps, de toute façon ça va couper, je vais prendre le métro. Debout espèce de feignant, la gloire t'attend ! Qui sait ? C'est peut-être le reportage du siècle ? Tiens-moi au courant, envoie-moi des SMS, je t'aime, je t'aime. Ici il fait moche, c'est beau chez vous ? J'ai tout réservé pour le restaurant. Je t'aime, je t'aime, à plus !! »

Je n'eus que le temps de placer péniblement un « moi

aussi » et elle avait déjà raccroché. Quelle tornade ! Elle m'épuisait. Sur tous les plans. Mais bon, il était indéniable que nous passions d'agréables moments ensemble. Inutile donc de se mettre martel en tête. Pour l'heure, il y avait plus urgent à faire : rassembler tous les éléments épars dans mon esprit et se réveiller tout à fait.

Je disposais de deux heures avant que le taxi ne vînt me chercher. Je mis à profit ce laps de temps pour, petit déjeuner pris, compulser le dossier de Anna Haczewski. Les renseignements indiquaient qu'elle était âgée de 39 ans et qu'elle était mariée à un entrepreneur suisse avec lequel elle avait eu trois enfants. Elle travaillait comme gestionnaire dans une grande librairie de Genève et avait en charge plus particulièrement les rayons « beaux livres » et « tourisme ». Ses passions s'organisaient autour du bridge et de la piscine, qu'elle pratiquait en club. Jusque là, rien d'extraordinaire. Mais voilà, découvrant il y a quelques mois une faculté qu'elle ne se connaissait pas jusqu'alors, elle avait donné une interview à deux ou trois journaux locaux afin d'évoquer cette découverte, pour le moins tardive. Jean-Yves Karlen, mon rédacteur en chef, toujours à l'affût de faits divers juteux ou insolites, avait cru y déceler une manne financière, même modeste, et m'avait dépêché sur l'affaire.

À dix heures, je pris un taxi qui me devait conduire à la demeure de ma cliente. Par-delà les vitres embuées, les fumées s'élevaient haut dans le ciel d'un bleu épuré ; l'air était cristallin et la froidure se faisait sentir au toucher intérieur des portières de la voiture. Le chauffeur m'entretenait de choses et d'autres avec cet accent un peu traînant que je trouve si cocasse. Un mince linceul de nacre couvrait la ville. Le lac, que nous longeâmes un moment, ne semblait faire qu'un avec les nuages maussades qui le couvraient, l'horizon était bouché. Nous atteignîmes bientôt le quartier de Cornavin, à l'orée de Genève. Le taxi me lâcha dans une longue avenue bordée de hautes façades, juste devant le bon numéro. Relevant le col de mon pardessus, j'osai sortir les doigts de ma poche pour sonner à l'interphone. Dieu qu'il faisait froid ! Une voix grésillante ne tarda pas à répondre.

« Oui ?

– C'est Lucas Faberger, le journaliste du « Miroir de la Seine »

– Ah oui, d'accord. C'est au quatrième, la porte juste en face des escaliers. »

Je pénétrai dans un hall feutré d'un rouge désuet, exhalant une vague odeur d'air vicié. L'ascenseur me souleva jusqu'au quatrième étage. La porte s'ouvrit au moment où je m'apprêtais à toquer à l'huis, laissant apparaître une femme au visage carré.

« Bonjour M. Faberger. Entrez donc. »

Et elle s'effaça pour me laisser le champ libre. Nous nous installâmes dans un salon écrasé par un écran de télévision aux dimensions impressionnantes. Une commode joliment marquetée étalait quelques bibelots familiaux et deux cadres d'aïeul à l'aspect sévère. Ici aussi un remugle ténu accrochait la narine. L'immeuble devait être vétuste. Elle prit place face à moi, croisa les jambes, me considéra un instant, puis lança :

« Alors ? »

Comment cela alors ? Elle savait bien pourquoi j'étais là. Pourquoi feignait-elle de l'ignorer ? Pourtant je ne lisais aucune moquerie dans son regard ; j'y décelais même une expression que, sans pouvoir trouver d'explication rationnelle, j'appréciais, comme si un invisible fluide courait entre nous.

« Eh bien voilà, dis-je, avant de commencer, je vous propose de vous présenter dans les grandes lignes ; j'apprendrai ainsi à mieux vous connaître. »

Elle me gratifia d'un large sourire, donnant ainsi son accord, et commença de discourir sur sa personne, me relatant ce que je savais déjà grâce à mon dossier. Je procède toujours de la sorte, les gens raffolent de parler d'eux-mêmes, de se mettre en avant. Et ce discours liminaire a le don de détendre l'atmosphère, ce qui est de bon aloi pour l'interview qui va suivre. N'écoutant que d'une oreille distraite, j'en profitai pour la détailler. Ses yeux étaient d'un gris terne, transparent. Une chevelure dorée garnissait généreusement son visage, abandonnant quelques mèches sur son front strié de trois rides. Elle avait revêtu pour l'occasion un tailleur anthracite qui, loin de l'engoncer dans une attitude sévère, lui conférait un charme indicible. Je cessai rapidement mon observation, fixé par l'éclat tranchant de ses prunelles qui semblaient deviner mon absence de la conversation.

Nous en vînmes directement au fait.

« J'ai vu, commençai-je, que les deux interview que vous aviez accordées dataient de quatre mois. Pourquoi avoir attendu tout ce temps pour un troisième souvenir, alors que les premiers se bousculaient à quinze jours d'intervalle ?

– Si seulement je le savais M. Faberger, je serais fort aise pour vous répondre. Mais voilà, je ne suis absolument pas maîtresse de ce qui m'arrive.

Je tiquai quelque peu.

– Mais, honnêtement, n'est-ce pas un moyen de se faire de la publicité à bon compte ?

– Pas plus que les journaux qui me sollicitent pour écrire un article, me répondit-elle avec un sourire irradiant ses pommettes. »

J'admis la pertinence de la répartie et souris à part, ce qui ne lui échappa guère. A cet instant, nous nous comprîmes sans proférer de mots, elle sut que je n'étais pas un folliculaire et je pressentis la véracité de ses propos à venir. Le dialogue pouvait à présent véritablement commencer.

Six mois auparavant, sans qu'elle pût se l'expliquer, Anna s'était réveillée avec une image précise d'elle-même, habitée par un événement qu'elle avait vécu à l'âge de quatre ans. Jusqu'alors, sa période de prime enfance restait plutôt confuse dans son esprit, constituée de moments épars se déclinant essentiellement en impressions vagues ou sentiments diffus. Sa première réaction fut la surprise. L'image était nette, elle se voyait courir dans un parc du centre-ville de Budapest, en compagnie de Slavo, un petit garçon. Bien sûr, en tant qu'adulte, elle n'ignorait pas que sa mère les confiait parfois, son frère et elle, à la voisine qui les emmenait avec son fils au jardin public le plus proche. Mais elle avait toujours été incapable d'entrer dans les détails, la chose restait factuelle, comme quelque chose d'indistinct, pareil à de lointains paysages estompés par les frimas épais d'un matin d'automne. Jusqu'à ce fameux jour. C'était comme si elle recouvrait tout à coup la mémoire, elle était même capable de ressortir une bonne partie des propos qu'elle avait eus avec Slavo, lors de leur partie de cache-cache. Hervé, son mari, avait objecté fort pertinemment que, même s'il ne doutait pas d'elle, nul ne pouvait vérifier si ce qu'elle disait était avéré ou au contraire si elle mentait de manière éhontée. Ce qu'elle ne niait point, ne pouvant opposer que sa bonne foi. C'est pourquoi elle n'en parla qu'à son proche entourage dans un premier temps.

Plus troublant était le deuxième exemple.

« Trois semaines après mon premier « flash » – c'est comme ça que je les appelle – j'en ai vécu un second. Qui s'est révélé dévastateur pour moi. J'ai découvert ce que nul dans ma famille n'avait jamais su : la raison du suicide de ma mère. »

Anna se tut, un instant submergée par l'émotion. Je la vis faire un effort considérable sur elle-même, respirer profondément, et continuer :

« A l'époque dont je vous parle, je devais avoir

environ trois ans. Maman était déjà bien malheureuse, résignée vis-à-vis du naufrage affectif qu'elle vivait avec mon père. Cela a été un énorme malentendu entre eux deux. Une histoire d'amour passionnelle, folle, aussi puissante qu'un brasier mais aussi fugace qu'un feu de paille. Elle ne travaillait pas et restait à la maison pour nous élever, mon frère et moi. Ses journées se passaient entre ménage, repassage, cuisine et raccommodage des vêtements. Ses seuls moments d'évasion avaient lieu le mercredi, lors de la traditionnelle sortie au jardin public. Pauvre maman. Tout le monde savait qu'elle était dépressive et sous traitement. Et tout le monde a cru que cela fut la cause de ce qui s'ensuivit...

– Et que vous a révélé votre flash ? l'interrompis-je, gagné par une sourde excitation.

Elle me toisa un instant.

– Vous ne devez pas l'ignorer puisque je l'ai déjà relaté à un de vos confrères.

– Oui. Du moins dans les grandes lignes. Mais ... vous respirez l'honnêteté et je prends plaisir à vous écouter, dis-je rougissant de mon audace.

Ses yeux me harponnèrent.

– A vrai dire, je ne pensais pas rentrer dans les détails avant cette entrevue. Vous m'inspirez confiance. »

Une chaleur coulait entre nous. Je me sentais bien avec cette inconnue, comme si nous nous étions connus depuis des lustres.

Elle reprit :

« Le matin du 7 juin 1970, mon père découvrit le

corps de sa femme suspendu à une corde dans la cuisine. J'avais à peine quatre ans. On mit cette tragédie sur le compte de ce que je vous ai relaté précédemment. Quelques mois plus tard nous déménagions et l'histoire était close. Mais la veille au soir du drame, alors que tout le monde dormait et que je voulus aller aux toilettes, maman m'a révélé son terrible secret. Et ses mots exacts, je dis bien *exacts* ont été : « Mon petit chat, tu ne vas pas comprendre ce que je vais te dire mais il faut que je te le dise quand même. Ton père me trompe depuis des années. Je sais tout. Ton doudou gardera la vérité, derrière la coupole du Kremlin. Énigmatique, non ? »

J'acquiesçai, ému de plonger ainsi dans l'intimité de cette femme que je trouvais superbe de dignité en cet instant précis. Pour sa part, elle me l'avoua plus tard, Anna apprécia mon silence pudique autant que les traces d'émoi que trahissaient mes traits.

« J'ai longtemps cherché ce que signifiait cette dernière phrase apparue lors de mon flash, poursuivit-elle. Et puis j'ai compris. J'avais déjà contacté deux journaux et leur avais relaté ce qui m'arrivait. Je passais encore à l'époque pour une éberluée en quête de sensation pour finir ses fins de mois. Heureusement cela n'en est pas resté là. Un des quotidiens dépêcha sur place deux agents chargés de vérifier les explications que je fournissais quant à cette dernière phrase. Et là ... »

Un long silence nous drapa subitement. Imperceptiblement, du tréfonds de son être, quelque chose qui n'avait pas encore de nom, roulait et grondait, montait en elle. Et avant que la lame de fond ne vînt la submerger, je réussis à glapir précipitamment :

« Inutile, je connais la suite ... »

Elle me gratifia d'un regard, dans lequel je lus la reconnaissance de lui avoir épargné le plus dur.

Les journalistes étaient allés en Hongrie, à l'endroit même de son ancienne habitation. Un immeuble vétuste, presque croulant. Ils avaient réussi à s'introduire dans l'appartement, maintenant tenu par un jeune couple. D'après les explications d'Anna, ils localisèrent sur un mur l'emplacement où jadis trônait un cadre parmi tant d'autres, celui-là garni de photos souvenirs du voyage de noces à Moscou de M. et Mme Hacwelsky. Puis, toujours à l'aide des indications étonnamment précises, ils descellèrent une brique et tombèrent sur une peluche mitée, jaunie par le temps. Son ventre, dont la couture s'effilochait, recelait une boule de papier sur laquelle la mère d'Anna donnait les véritables raisons de son suicide.

Et tout concordait dans les moindres détails avec ce qu'avait dit la libraire. Curieusement cette histoire pour le moins troublante, fit peu parler d'elle ; tout juste suscita-t-elle l'intérêt de quelques lecteurs supplémentaires qui achetèrent un peu plus nombreux les journaux se faisant le relais de l'affaire. Moi je la trouvais excitante, dérangeante, comme si l'on touchait à quelque chose d'interdit, que l'on levait le voile sur une autre facette de notre existence.

Son troisième flash, qu'elle me conta ensuite, ne

pouvait malheureusement pas se vérifier, tout comme le premier. Mais là n'était pas l'important. La fin de l'après-midi se déroula dans une atmosphère détendue ; Anna et moi nous étions rapprochés sans que nous sûmes y trouver une explication. Le ton devint moins distant, les paroles plus profondes, les échanges plus bas. Elle me parla de son enfance en Hongrie, je lui confiais mes folles années de lycéen au Havre. Étrangers il y avait encore quelques heures, une étrange alchimie prenait corps entre nous. A regret je la quittai pour attraper mon train du soir, le cerveau embrouillé de mille impressions. Le retour sur Paris fut étrange. Accolé à la vitre de mon compartiment je regardais le paysage défiler à grande vitesse. Il pleuvait violemment au dehors. Les gouttelettes s'écrasaient sur la paroi, s'aplatissaient sous l'effet du vent, et glissaient inéluctablement vers le bas, happées par une force mystérieuse, tout en s'étirant désespérément comme pour ne pas sombrer. N'importe qui eût pu croire que j'étais fasciné par ce spectacle ; pourtant j'étais absent, je repensais à Anna et son histoire. Elle n'avait pas eu un début d'existence facile. En l'espace de deux ans, elle perdit sa mère, suicidée, et son père, emporté par une maladie. Je ne sais pourquoi je devins mélancolique. Je repensai à ma propre enfance, incapable d'en extirper autre chose que des séquences hachées, des bribes d'émotion qui me sautaient au visage.

Durant les semaines qui suivirent, je me mis en quête d'informations. Dès que j'avais un moment de libre au travail ou le soir en rentrant chez moi, je me connectais sur la Toile, avide d'en apprendre plus sur le développement d'un enfant entre zéro et cinq ans. A la publication de mon article la concernant, Anna me remercia de ne pas avoir trahi ses pensées. A vrai dire, ce ne fut qu'un mince filet coincé entre la rubrique sportive et les faits divers du jeudi, et il n'y eut aucune suite notable. A mon grand désappointement. Nous nous appelions régulièrement. Le prétexte de l'évocation de ses flashs s'épuisa bientôt et nous en vînmes à discuter comme le feraient deux amis à qui l'éloignement pèse. De mon côté, les recherches que j'avais entreprises portèrent leurs fruits. Je découvris qu'un phénomène dénommé « amnésie infantile », et pour lequel on n'avait aucune explication, frappait tous les enfants vers l'âge de quatre, cinq ans. Inexorablement. Sans que l'on puisse l'expliquer, nous perdons la possibilité de pouvoir nous souvenir des toutes premières années de notre existence, il se crée comme un « trou noir » emportant avec lui les instants de la prime enfance[2]. Pourquoi Anna avait-elle recouvré cette faculté – au moins à deux reprises – d'une façon si nette, si précise ? Cette question ne cessait de me tarauder.

Deux mois s'écoulèrent encore avant que, ce que j'appelle désormais l'événement déclencheur de la tragédie à venir, ne survînt. C'était un soir de décembre. Affalé dans mon canapé, je fixais béatement l'écran de mon téléviseur qui déversait son lot habituel d'images

---

2 véridique

niaiseuses, à la recherche de tranquillité. Je bondis sur le combiné lorsque je l'entendis moduler sa plainte. Sylvie dormait dans la chambre et je ne voulais pas qu'elle se réveillât.

« Allo ?

– Lucas ? Je suis contente de tomber sur toi.

La voix d'Anna, troublée. Je baissai le volume sonore de la télévision.

– Comment vas-tu ? lui demandai-je, pressentant la réponse.

– J'ai eu mon quatrième flash.

Mon cœur s'accéléra.

– Qu'as-tu revu cette fois ?

– En fait, j'ai visualisé plusieurs courtes séquences, à la maison ou en voiture. Rien d'extraordinaire, la vie quotidienne, mais je revis ces moments comme si j'y étais maintenant. Je sais tout ce qui a été dit ou fait autour de moi. Je suis toute retournée ... Tu me comprends, n'est-ce pas ?

– Oui. J'essaie.

Un silence. Elle cherchait ses mots.

– Tu sais ... même si la plupart des gens me considère comme une affabulatrice, ou une douce folle selon, dans un sens ce qui m'arrive est merveilleux. Je découvre mon enfance, j'ai l'impression de voyager dans le temps et d'assister comme un témoin invisible à des scènes enfouies dans le tréfonds de mon passé.

– Tu peux me raconter le contenu de tes rêves ? »

Pendant qu'elle s'exécutait, je prenais des notes sur un

calepin. Effectivement les faits relatés étaient banals, constitutifs de la vie au jour le jour, mais une fois de plus la précision des détails que Anna fournissait – la tournure des phrases, l'expression des visages, l'extrême description des objets – donnait le tournis.

Lorsque, une heure après je raccrochai, j'étais moi aussi déconcerté. Non pas que je doutais de la véracité de ses révélations mais pour que la société, à commencer par mes futurs lecteurs, la crût aussi, il fallait que ses dires fussent, quand ils pouvaient être vérifiables, vérifiés. On l'a vu, ce fut le cas de la peluche scellée dans le mur. J'entrepris donc de souligner dans mon carnet ce qui pouvait éventuellement faire l'objet d'une vérification. Il y en avait peu vu le contexte de ce qu'elle m'avait décrit auparavant. Tout juste pus-je souligner le 17 mai 1969 en tout début d'après-midi que la chanson « Love me tender » était passée sur Radio Buda, la radio nationale hongroise. Ce genre de détail était proprement saisissant. Anna avait trois ans à l'époque ! Et j'étais certain qu'elle ne se trompait pas.

Le lendemain je passai la journée obnubilé par cela ; les collègues durent me trouver atrabilaire, je ne décrochai pas un mot. Je n'avais pas le moindre début d'explication à proposer et cette impuissance intellectuelle me mettait hors de moi. Je savais, désormais, qu'à compter de ce jour, je ne supporterais plus de ne pas savoir. Malgré une vie sociale remplie, je ne me risquais pas à me confier à mes amis, de peur d'encourir leurs lazzis et leur face moqueuse. Même

Philippe, l'ami d'enfance, fut laissé à l'orée de ce secret. Peut-être encore plus Philippe, du fait de sa qualité de scientifique.

Et puis, tout s'accéléra progressivement.

Je reçus un nouvel appel d'Anna un mois plus tard. De nouveau des scènes de la vie courante, toujours étonnamment précises, et un fait un peu plus original : le lieu précis où Hako, le chien de la famille, avait été enterré en 1968. Son père l'avait indiqué à sa mère, en présence d'Anna alors sur son rehausseur, occupée à manger. La fréquence des appels augmenta sensiblement. Les souvenirs enfouis les plus anodins remontaient à la surface de la conscience d'Anna, de plus en plus fréquemment. Et plus le temps avançait plus les réminiscences se faisaient profondes dans le passé. On eût dit une étrange symétrie qui opposait à l'écoulement du temps, un repli de ce même temps. Anna monta plusieurs fois sur la capitale ; nous nous retrouvions à discuter pendant de longues heures dans un café ou un restaurant. Je continuais de noter scrupuleusement ce qu'elle me rapportait et j'allais de surprise en surprise.

Au printemps de l'année qui suivit, elle débarqua à Paris sans coup férir. Lorsque mon portable retentit dans la cafétéria, je ne sais pourquoi je sus immédiatement que c'était elle. Une indicible impression d'angoisse filtrait dans le timbre de sa voix, de ses phrases articulées comme avec peine. Je prétextai un impératif, laissant mes collègues finir de déjeuner sans moi, et sautai dans le premier métro pour la rejoindre. Elle m'attendait devant le portillon d'un square, un peu guindée dans sa jupe aux plis sévères. Elle coula vers moi un regard de petite fille apeurée qui retrouve soudain son chemin. L'après-midi était douce, l'air d'une transparence lumineuse ; nous nous installâmes à la terrasse d'un café. Nous commandâmes des boissons, elle alluma une cigarette. Quand le garçon déposa les tasses sur notre table, nous n'avions pas encore échangé une parole. Mais bien davantage avait été dit et ma présence, mêlée à notre tacite silence, l'avait rasséréné quelque peu.

Elle m'enveloppa d'un regard d'acier, pénétrant :

« J'ai peur Lucas.

Je le savais, j'attendais juste qu'elle voulût bien me le signifier. Je lui tendis un visage interrogateur ; je ne devais pas encore lui parler.

– Et toi, qu'est-ce que tu deviens ? demanda-t-elle brusquement. Comment ça se passe avec Sylvie, toujours des projets de voyage au soleil ? »

C'était typique d'Anna. J'étais désormais coutumier du fait. Une espèce de pudeur s'emparait de sa personne dès lors qu'il s'agissait pour elle de céder à une confidence importante. Elle se sentait coupable de se livrer sans avoir pris le temps de s'enquérir au préalable du dépositaire de ses secrets. Je m'exécutai donc de bonne grâce, nous discutâmes de ma vie personnelle, de mes relations, des conflits professionnels. Cela dura un peu et puis, se profila le moment où je devinai qu'il me fallait taire.

« Voilà, commença t-elle, comme tu le sais mes souvenirs se font de plus en plus fréquents, mais depuis quelques temps - disons les trois dernières semaines - il y a un phénomène ... étrange.

Elle fit rouler son verre entre ses doigts.

– Comment dire ... en même temps que je revois les premières images de ma vie, je ressens comme ... comme un danger, une menace plus exactement.

– Une menace ? fis-je surpris. Mais une menace pour toi ou pour quelqu'un d'autre ?

– Pour moi.

– Ah ! ... Et, tu peux préciser ?

– Eh bien non justement, c'est bien là le problème ; la menace est diffuse mais je t'assure qu'elle est bien réelle !

Je fis une moue dubitative.

– C'est-à-dire « réelle » ? Il t'est arrivé quelque chose de particulier ?

– Non, non, dit-elle en secouant la tête, ce n'est pas ce que je veux dire. C'est quand je me « retrouve » en tant que petite enfant, voire bébé que ce sentiment apparaît vaguement. Et plus je plonge dans mon passé, plus le danger semble s'accroître ...

J'avalai une gorgée de bière, en proie à un léger trouble.

– Et ce danger ... Il viendrait de ta famille, de ton entourage ?

– A priori non, mais ce serait à confirmer dans les flash-back à venir.

Je la regardais, fumant négligemment comme si de rien n'était, tapotant sa cigarette pour faire choir le trop-plein de cendre. Soudain une folle inquiétude s'empara de moi.

– Mais, attends ... lâchai-je brusquement, tu es sûre que personne ne t'en veut *maintenant* ??

Elle capta mon regard alarmé et me décocha un sourire attendri.

– Rassure-toi, comme je te l'ai dit, ce n'est que lorsque je me retrouve enfant que je perçois ce que je t'ai décrit. Et d'ailleurs, à chaque fois, cela vient de quelque chose et non pas de quelqu'un.

– De quelque chose ?

– Oui. Mais je suis incapable de dire de quoi exactement. »

Anna ne put me fournir davantage de précisions car elle manquait d'informations. Mais celles-ci n'allaient pas tarder à venir. Et se révéler stupéfiantes.

Nous passâmes le reste de l'après-midi à évoquer ce nouvel élément, le long des quais du vieux Paris, et le soir , je la raccompagnai, apaisée et détendue.

De nouveau seul, je me remémorais l'après-midi. Les choses prenaient un tournant inattendu et se compliquaient singulièrement. Je décidai, malgré une réserve première, d'en parler à Philippe.

Philippe, mon meilleur ami, rencontré en deuxième année universitaire à Dauphine. Je n'y étais guère resté longtemps ; au bout de quelques mois je m'en étais ensauvé pour intégrer une école de journalisme.

Philippe, lui, persévéra et alla jusqu'au bout.

Comme toujours.

Il réalisa de brillantes études en biologie pour se spécialiser en génétique dont il obtint un doctorat avec mention spéciale du jury. Par la suite, il intégra le département de bio-génétique du CNRS et se consacra à la recherche.

En le contactant, j'attendais le soutien d'un ami bien sûr, mais aussi la sagacité du scientifique. Comme il me savait aucunement bonimenteur il fut, après un bref moment légitime de doute, rapidement intrigué par l'histoire d'Anna. L'ours en peluche dissimulé révélant des secrets d'outre-tombe acheva de l'ébranler définitivement. Dès lors, il m'apporta une aide sincère et allégea un peu le poids du faix que mon âme portait en solitaire.

Lorsque je lui parlai de Philippe, Anna fut tout d'abord réticente à ce qu'il franchît le rideau de sa vie intime. Mais quand elle comprit à quel degré nous étions liés, elle accepta de partager à trois son terrible secret. Elle nous confirma l'impression de danger qui pesait sur elle petite fille, sans parvenir toutefois à en identifier la source précisément. Elle se souvint qu'entre 13 et 16 mois, à un âge où les pleurs inexpliqués du nourrisson ont cessé, ses nuits étaient très fatigantes. Ses parents la couchaient aux alentours de 20h, mais elle se réveillait systématiquement, en larmes, jusqu'à une heure avancée de la nuit. Ce qui pouvait passer pour beaucoup comme un sommeil agité ponctué de cauchemars, était le fait d'autre chose, Anna en avait l'absolue certitude.

Le 15 octobre 2005, soit un peu plus d'un an après ma première rencontre avec elle, nous sûmes enfin l'origine du danger que mon amie éprouvait.

Ce soir-là nous tenions notre vidéo-conférence hebdomadaire chez Philippe. C'était une habitude que nous avions prise afin de faire un point sur les nouveaux rêves, discuter entre nous, rassurer ...

Lorsque son visage apparut au milieu de l'écran, je vis à l'expression de ses pupilles qu'il y avait quelque chose d'inhabituel.

« Bonsoir Philippe. Tu es seul ce soir ?

J'approchai ma tête du champ de la webcam.

– Tu croyais te débarrasser de moi ? Eh bien c'est raté !

Elle parut soulagée.

– Hervé est près de toi ? demandai-je.

– Non. Il est allé se coucher en même temps que les enfants. Il était fatigué.

– Je comprends. »

Son mari avait toujours manifesté peu de curiosité au sujet des troubles d'Anna. Il n'était pas loin de nous considérer comme un petit groupe d'hurluberlus, mais comme nous ne faisions de tort à personne, il tolérait nos réunions virtuelles une fois la semaine.

« Je ... j'ai découvert ce qui se passait ... je veux dire par rapport au danger ... articula difficilement Anna. »

Nous allongeâmes ostensiblement le cou vers l'écran.

A voir nos mines tendues, les yeux ronds comme des avelines, le souffle à grand-peine retenu, Anna éclata de rire. Cela détendit l'atmosphère. Philippe, jamais avare de plaisanteries, en profita pour la taquiner, et c'est plus sereinement que la conversation reprit.

« Je crois savoir d'où provient le sentiment d'insécurité qui m'oppressait.

Elle avala sa salive.

– En fait ... ça va vous paraître absurde ...

Cette fois-ci, je ne pus me retenir de glousser.

– Ah ! Ah! Ah ! Elle est bien bonne ! TOUT dans ton histoire peut paraître absurde. Alors un peu plus, un peu moins ... De toute façon, nous sommes les deux seuls êtres vivants assez fous pour te croire ; alors on t'écoute, en attendant notre thérapie !

Elle sourit faiblement.

– Eh bien voilà. On a voulu m'inoculer une substance ou plutôt, on *m'a* inoculé une substance dans le corps.

– Qui ça « on » ? demanda Philippe. Tu vois quelqu'un de particulier dans tes songes ?

Anna secoua la tête en guise de réponse.

– Non, non, il n'y a jamais personne avec moi, mis à part mon frère avec lequel je partageais la chambre.

– Comment peux-tu dire qu'on t'a inoculé quelque chose alors ? objectai-je.

– Ce n'est pas une personne, c'est le « on » impersonnel. Je vais tenter de mieux m'expliquer. Je me revois dormir paisiblement, puis être réveillé brusquement par une douleur fulgurante. Je sens clairement un liquide s'insinuer en moi, voyager dans mon corps. Le dernier flash était très clair là-dessus. Du reste cela arrivait également lorsque je ne dormais pas, le soir notamment, avant que mes parents ne me couchent.

Philippe et moi nous regardâmes, interloqués. Finalement mon ami lâcha :

– Et ... A quels endroits perçois-tu cette douleur ? C'est localisé ou plutôt diffus ?

– En fait, un peu les deux. Au début cela part de l'abdomen puis progressivement cela envahit l'entièreté de mon être. La destination finale est mon crâne, mon cerveau puisque c'est là que je ressens les dernières douleurs.

Je ne pus m'empêcher de siffler d'admiration.

– C'est fou comme tu parviens à te remémorer des moindres détails, ça m'étonnera toujours ...

Elle me toisa un instant.

– Oui ... et j'ignore où cela va me conduire. Parfois cela me fait ... »

La fin de son propos fut inaudible, engloutie par le gouffre de ses angoisses. Je lui fis un geste amical. Mais elle ne me voyait plus, déjà captive de son obsession. Une nappe de mutisme dégoulina sur nous. Chacun se réfugiait dans ses pensées. Philippe mordillait l'intérieur de ses joues, signe chez lui d'une prise de décision imminente.

Lorsque Anna nous quitta une minute plus tard, il s'était écoulé une éternité.

Sous l'effet des lampes, le liquide adoptait à sa surface des reflets cuivrés. Je levai mon verre à hauteur des yeux pour mieux l'admirer.

« Très jolie couleur, dis-je à Philippe assis en face de moi.

– Rhum vieux en provenance directe de la Guadeloupe. Quinze ans d'âge, une vraie merveille. »

Il était plongé dans son canapé, les jambes négligemment croisées. Nous éprouvions souvent le besoin de nous retrouver de la sorte, après chaque entrevue avec Anna. Ce soir-là, plus encore. Au détour de deux banalités échangées, il déclara :

« Tu sais, son histoire me trouble et me passionne tout à la fois. Je ne vais plus me contenter de simplement t'apporter mes avis, je vais – dès à présent – engager des recherches scientifiques pour avoir en le cœur net. »

Lorsque Philippe parle ainsi, on peut être certain qu'il mettra tout en œuvre pour parvenir à ses fins.

Le feuillet se froisse imperceptiblement sous les doigts qui l'enserrent.

« Mais que cherches-tu exactement ? m'enquis-je.

– Savoir ce qui se passe au niveau métabolique dans le corps de notre amie. Il doit y avoir forcément quelque chose qui se déclenche, un processus physique, une synthèse de composants, que sais-je, qui pourrait expliquer ce qu'elle vit.

– Et comment comptes-tu t'y prendre ??

Philippe avala une lampée de rhum et clappa la langue de satisfaction.

– Pour l'instant, je vais contacter quelques collègues spécialistes – ou supposés l'être – de la mémoire afin de mieux cerner son mécanisme et son fonctionnement en général. Une fois que j'en saurai un peu plus, j'échafauderai mes propres pistes de recherches car j'ai déjà ma petite idée...

– Tu m'intrigues. Que veux-tu faire ?

– Il est encore trop tôt ; je préfère attendre le retour de mes confrères. Il sera toujours temps d'en parler. »

Je lui faisais confiance et n'insistai pas davantage. Après tout, l'idée était séduisante, et je lui proposai mon concours s'il advenait qu'il en eut besoin. Il acquiesça évidemment.

Cependant le cours des choses bouleversa l'ordre de ce programme bien établi.

Bien que restant en contact avec Anna, la fréquence de nos réunions par webcam interposée diminua sensiblement. Je fus dépêché à maintes reprises en banlieue pour couvrir les émeutes qui éclatèrent dans le courant de l'automne ; puis mon rédacteur en chef m'expédia à l'étranger pour une mission spéciale de deux mois, début février. Philippe, quant à lui, accéda au poste de directeur de laboratoire avec une équipe de chercheurs à encadrer, ce qui lui octroya moins de temps pour travailler sur notre affaire. Anna ne semblait pas nous tenir rigueur de ces contraintes subies, même ses coups de téléphone s'espaçaient peu à peu.

Pris dans la tourmente du quotidien, chacun de nous trois oubliait les deux autres.

Lorsque l'été débuta, je connus une accalmie dans le rythme des articles à produire. Je fus même autorisé à prendre enfin des congés. C'est ainsi que, Sylvie et moi-même, nous nous envolâmes pour une destination lointaine à la recherche de dépaysement et d'air nouveau. Je partais pour faire une césure avec mon quotidien, mais aussi avec l'histoire d'Anna qui continuait de me tourmenter en toile de fond.

J'étais alors loin d'imaginer qu'à l'autre bout du monde je renouerais avec précisément ce que je fuyais.

Vers le milieu de notre séjour nous louâmes les services d'une agence touristique qui mit à notre disposition un guide pour découvrir de fabuleuses cascades réputées à travers toute l'île. La chaleur ce jour-là était accablante. Une pluie tropicale s'était abattue tôt dans la matinée et depuis, la terre, sous l'effet des rayons dardants du soleil, ne cessait d'exhaler des vapeurs de brume qui collaient les vêtements à la peau. Nous avions de la peine à respirer tant l'air saturé d'humidité était suffocant. Léonard – notre guide – nous fit monter dans un spacieux 4X4 en compagnie d'un jeune couple d'enseignants, lui aussi en vacances. Nous quittâmes bientôt les axes principaux pour emprunter un sentier tout juste carrossable, essaimé de nids-de-poules. Les baraquements épars de tôles ondulées laissaient peu à peu place à une végétation dont la fraîcheur relative fut accueillie avec soulagement par toute l'équipe. La voiture fut abandonnée dans la forêt dans un petit espace de stationnement réservé à cet effet, juste devant une pancarte annonçant la proximité des cascades. Accompagnés des murmures de la forêt tropicale, nous empruntâmes une piste bourbeuse et caillouteuse à la suite de Léonard. Nous avancions dans un dédale végétal où les lianes venaient s'enrouler autour de gigantesques feuilles plus larges qu'un homme, où l'exubérance de couleurs vives frisait l'impudence.

Après une descente scabreuse au cours de laquelle nous glissâmes les uns sur les autres en rigolant, un écrin d'émeraude se dévoila. Depuis peu, nous suivions le cours d'une rivière impétueuse qui, à présent, se lovait douillettement au creux d'une grande vasque peu profonde. Quelques ridules outrageaient la surface de l'eau et il suffisait de lever la tête pour apercevoir l'objet de ce dérangement. Une grêle cascade à l'extrême pointe de la vasque précipitait ses milliers de fuseaux dans le liquide assoupi, formant ainsi un rideau au pied duquel des remous bouillonnaient. En inclinant davantage le visage vers le ciel, on pouvait suivre toute la course de l'eau. Elle s'élançait du faîte d'une imposante falaise couronnée de manguiers, pour rebondir à trois reprises sur des escarpements rocheux, avant de se déverser violemment sur son aire d'arrivée.

Nous nous installâmes sur la berge pour goûter un repos bien mérité, en même temps que nous fîmes plus ample connaissance. Léonard était un voyageur infatigable, il ne résidait dans l'île que depuis un an où il multipliait les petits jobs. Sa prochaine destination l'attendait déjà, dans un mois ou dans un an. Le couple d'enseignants, Mathilde et Sébastien, était féru de plages de sable fin. Mathilde se moqua de son mari qu'elle avait réussi à grand-peine à arracher de son ordinateur portable aujourd'hui. Il affectionnait en effet particulièrement tout ce qui touchait aux nouvelles technologies et à l'informatique. Actuellement il suivait de près un blog qui rencontrait un succès croissant auprès des internautes. Sylvie, peu sûre de ce qu'était un blog, en demanda la définition. Pour ma part, je ne me mêlais pas à la conversation, soucieux de ne pas troubler ma tranquillité. Je me mis à jouer avec une feuille flottante, que je chargeais de petits cailloux. Je construisis un barrage, aménageai les rives et mis en place, à l'aide de mon frêle esquif, un service de bac reliant les deux berges. Une tempête se déclarait soudain, l'embarcation menaçait de rendre l'âme sous une charge intolérable de graviers lorsque je dressai subitement l'oreille.

« ... tout ce qu'elle a vécu quand elle était une fillette. »

Bon, cela ne devait être qu'une coïncidence ; il fallait que je cesse de tout ramener à Anna. Je rajoutai encore un caillou, repoussant le point de flottaison et j'agitai l'eau de ma main pour parvenir au paroxysme de la tempête.

« ... un nom bizarre, de l'Est sûrement : Anna Kratsky

ou quelque chose comme ça ... »

Mon bateau sombra et avec lui l'illusion de passer sereinement le reste de mes vacances. Sylvie confirma mes craintes.

« Tu devrais écouter Lucas. »

Je déglutis avec peine et opinai du chef en signe de soumission à mon destin.

Le blog – sorte de journal au quotidien tenu sur Internet – dont ils parlaient était celui d'une femme qui relatait les songes étranges dont elle était victime. Au début, peu de personnes fréquentaient le site, et puis quelques internautes passionnés s'étaient mis en tête de vérifier les propos de la blogueuse. Certains effectuèrent des recherches de leur propre côté, d'autres se déplacèrent, interrogèrent des témoins, des scientifiques, etc. Lorsque l'on s'aperçut que cette histoire, de farfelue devenait troublante, il y eut une recrudescence de visites. Évidemment c'était d'Anna qu'il s'agissait, et cette conclusion sonnait le glas de l'indolence dans laquelle je m'étais réfugié. J'interrogeai Sébastien sur la teneur même des rêves, leur contenu. Il me les décrivit avec détails et je fus forcé d'admettre l'exactitude de ses dires.

Un fossé s'ouvrit sous mes jambes. Je me pris la tête à deux mains. « Non, ce n'est pas possible, elle n'a pas pu me faire ça, à moi ... » laissai-je échapper, en proie à un profond désarroi. Une onde de dépit me traversa. J'avais la désagréable sensation, l'intolérable sentiment d'avoir été trahi. L'étalage public des rêves d'Anna, de *nos rêves*, me choquait. La fin de cette journée se perd dans les scories de ma mémoire ; l'excursion était désormais gâchée, frappée d'insipidité.

Je voulus écourter notre séjour mais par respect pour mon amie, je n'en fis rien. Je tâchais de porter un intérêt à ce qui m'entourait mais mes pensées restaient accaparées par la nouvelle. Je dus me faire violence pour ne pas me ruer vers le premier cybercafé venu afin de voir par moi-même ce qu'il en était réellement. Sylvie me proposa plusieurs fois d'en discuter, et je fus touché par sa sollicitude.

Enfin le jour du départ tant attendu survint et nous rentrâmes en métropole. A peine étions-nous arrivés depuis un jour que je me jetai fébrilement sur le téléphone. Je n'étais pas préparé à ce que j'allais entendre.

Deux tonalités, puis on décrocha le combiné.

« Allo ?

Je reconnus immédiatement sa voix.

– Anna ? C'est moi, Lucas.

– Vous dites ?

– C'est Lucas. Qu'est-ce que c'est que cette histoire de blog ? Pourquoi ne m'en as-tu pas touché un mot ? ?

– Vous désirez parler à quelqu'un monsieur ?

– Oui, tout à fait. A toi. J'aimerais que tu ...

Je stoppai net ma phrase. Qu'avait-elle dit ? Pourquoi donc me voussoyait-elle ?

Elle reprit :

– Vous avez dû vous tromper de numéro ...

– Hein ? Quoi ? bégayai-je. Mais que racontes-tu ?

La voix se fit indignée.

– Je vais être obligée d'écourter cette conversation, monsieur.

– Mais ... mais, tu ... vous êtes bien Anna ?

– C'est bien moi, oui. Mais je n'ai pas l'honneur de vous connaître.

– Tu ne me reconnais pas ? fis-je d'un ton de supplique. C'est moi, Lucas. Lucas Faberger !

Il y eut un temps mort. Et puis presque un murmure.

– Lucas ? ... non, ça ne me dit rien ... enfin si, peut-être ... je ne sais plus .

Je me tus un instant. Une peur irrationnelle se faisait jour.

– Tout ... tout va bien Anna ?

– Je ... écoutez, je dois y aller. Au revoir. »

Et elle raccrocha.

Je restai là, stupide, la main agrippée au combiné, les bras ballants. Que m'arrivait-il ? Où plutôt que lui arrivait-il ? Avais-je dit ou fait un geste qui lui avait déplu ? Pourquoi avait-elle feint délibérément de ne pas me connaître ? Ou alors ce n'était pas Anna. Pourtant si, j'en aurais donné ma parole. Une cascade d'interrogations, de suppositions, déferlaient sur moi mais je ne pouvais y répondre pour l'heure, tant mon esprit était fuligineux.

Le soir même, je réitérai mon appel mais mes sonneries n'eurent comme réponses que leurs propres échos. Les jours suivants, je ne cessai de tenter de la joindre, animé par une détermination sans failles. Enfin, je parvins non sans mal à obtenir son mari au bout du fil. Il m'expliqua qu'Anna souffrait, par intermittence, de troubles mémoriels. Lui-même passait pour un parfait inconnu à ses yeux à certains moments. Fort heureusement, cela ne durait guère que quelques heures, à chaque crise. Par la suite, j'eus Anna en personne. La pauvre ne comprenait pas ce qui lui arrivait. Elle avait eu tellement honte qu'elle n'avait osé me rappeler pour s'excuser. Personne ne trouvait d'explications à ses troubles, encore moins les psychologues et psychiatres qu'elle avait consenti à consulter, cédant ainsi aux instances d'Hervé. Elle hésita longuement avant de mentionner sur son site ce qui l'affectait. Puis, mue par une espèce de force inconsciente, elle se lança.

Pour ma part, je me mis à surveiller scrupuleusement le blog, quotidiennement. J'avais l'intuition de quelque chose. Je notais les interventions de mon amie, les mises à jour, les commentaires des internautes et la fréquence des visites. J'eus l'idée de mettre en parallèle la perte des souvenirs d'Anna et ses révélations sur le site. Bien m'en prit. Après moult recoupements minutieux, je me rendis compte de plusieurs faits. Jusqu'à un certain seuil du nombre de visiteurs, rien de notable, c'était en fait la période de genèse du site. Lorsque plusieurs membres avaient commencé à mener des investigations et en avaient informé régulièrement la communauté, la fréquence des visites avait alors crû de manière sensible. Anna n'éprouvait pas encore de troubles mais, en lisant attentivement les archives et notamment ses messages, je découvris qu'elle mentionnait l'apparition de quelques maux de tête inopportuns. Enfin je notai un troisième pic important de fréquentation survenu juste quelques jours avant mon départ pour les îles. Peu après, Hervé me l'avait certifié, Anna connaissait sa première crise amnésique. Une espèce de corollaire terrifiant. Je n'arrivais pas encore à tirer de conclusion mais je trouvais tout cela pour le moins étrange et morbide. Je ne pouvais m'empêcher, à mesure que progressaient mes recherches, de redouter quelque chose que je ne parvenais pas à nommer, quelque chose qui me dépassait ou que je n'avais pas envie de découvrir, de peur de me dessiller les yeux.

Philippe fut, une fois de plus, d'un secours inestimable. Lorsque je lui soumis mon analyse, je vis une émotion nouvelle peindre ses traits. Il réfléchissait à toute allure en même temps que je lui soumettais mes réflexions.

« Tout ceci est évidemment surprenant, finit-il par dire. Y- a t-il une relation de cause à effet entre ce que tu décris et ce que vit cette pauvre Anna ? J'ai envie de répondre, comme ça à brûle-pourpoint, ce serait aberrant. Mais la Science a souvent fait sienne des idées qui au départ pouvaient justement apparaître aberrantes. Elle a su conceptualiser les élucubrations de quelques-uns d'entre nous dont les idées passaient pour folles.

Il humecta de sa langue le bord supérieur des lèvres.

– Écoute, je t'avais fait la proposition d'avoir recours à la Science pour nous aider. C'est maintenant le moment concret pour passer à l'acte. Plutôt que de se perdre en conjectures inutiles, je te propose de faire entrer de plein pied ton enquête dans la rationalité !

– Et comment comptes-tu t'y prendre ? questionnai-je, intrigué.

– Il faut que tu convainques Anna de bien vouloir subir quelques examens médicaux.

– Des examens ? Quel genre d'examens ? Qu'espères-tu trouver ?

– Je vais me renseigner auprès de certains de mes collègues qui s'y connaissent davantage. Mais je pense d'ores et déjà à une prise de sang ou bien une biopsie. Quant à ce que je cherche, c'est le début d'une explication biologique à tous ces phénomènes. Je ne sais pas encore quoi exactement. Je t'en reparlerai dès que j'en aurai touché un mot à un généticien de mes amis. »

C'était Philippe. Avec son besoin obsessionnel de la preuve tangible. Je n'étais pas opposé à son idée même si je n'en voyais pas l'utilité. Contrairement à lui, je reste persuadé que tout ne peut s'expliquer, tout ne *doit* pas s'expliquer. Sans doute souffre-t-il du défaut de l'occidental cultivé, qui consiste à vouloir trouver coûte que coûte une explication pour chaque phénomène qui l'entoure. Une façon comme une autre de nier l'inanité de notre existence.

Anna, avec qui j'avais renoué de solides contacts, se trouvait dans une phase pré-dépressive. Ses trous de mémoire la laissaient pantelante, vidée de toute substance. Le site continuait de connaître un succès grandissant. Mais quelques olibrius avaient posté des messages dégradants sur sa personne, d'autres s'étaient amusés à créer un site spécialement dédié à l'étude de son degré de folie. Cela blessa profondément Anna. Ne sachant plus à quel saint se vouer, et gagnée par la lassitude, elle ne fit pas d'objections à la demande de Philippe. Un rendez-vous fut alors rapidement pris dans un grand hôpital de la région parisienne. J'ignore comment Philippe s'est procuré les ordonnances médicales et si tout cela était bien légal. Ce qui est avéré, c'est que dans pareilles circonstances, il ne s'embarrasse guère de détails et met en branle son réseau de connaissances pléthoriques.

Dans le courant de l'été 2006, je fus extirpé du lit en pleine nuit par une sonnerie effroyable. Le téléphone ! Après avoir asséné de grands coups désordonnés sur ma table de nuit et avoir renversé la moitié de mes affaires par-terre, je finis par empoigner un objet dont le toucher rappelait à ma vague conscience d'homme insoporé un combiné. Un hurlement se fit entendre à l'autre bout de l'appareil.

« Lucas !! Viens vite me rejoindre chez moi ! Tout de suite !!

Pour le coup, je fus réveillé.

– Philippe ?? Tu es au courant qu'il est 3h14 du matin ?

– On s'en fiche ! Ce que j'ai à te dire est de la plus haute importance. Je t'attends. »

Et il raccrocha d'un coup sec.

Je ne me posai pas de questions, sachant déjà le bien-fondé de son insistance. Je sautai dans ma voiture, à peine habillé, et débarquai chez Philippe peu après.

Il m'accueillit le teint blême, les paupières gonflées. Il paraissait harassé.

« Tiens, installe-toi. J'ai préparé une tonne de café, on va en avoir besoin.

– Qu'y a t-il ? dis-je en m'asseyant dans un fauteuil. Tu as découvert quelque chose ?

Il termina de remplir nos tasses et s'assit à son tour.

– Cela fait bientôt trois mois que je travaille sur l'interprétation des examens d'Anna. Je crois tenir ma conclusion, désormais.

Il prenait un ton grave, solennel, que je lui avais rarement vu emprunter.

– Eh bien ? fis-je, piqué par la curiosité.

Philippe me fixa mais déjà son esprit était ailleurs.

– Par où commencer ... Ah oui, la prise de sang d'Anna. Dès les premiers tests, quelque chose a semblé insolite au collègue chargé des analyses. Il m'en a immédiatement fait part et nous avons décidé de pousser plus loin nos investigations. Après quelques soirées et nuits à travailler d'arrache-pied, toujours sur l'échantillon de sang, il nous apparut inévitable de programmer toute une batterie d'examens complémentaires : IRM du cerveau, scanners, etc. Anna, apparemment plus tout à fait dans son état normal, n'a posé aucune difficulté...

– Je n'étais même pas au courant ! Ne pus-je m'empêcher de m'exclamer, un peu vexé.

– Tu sais, elle est toute déboussolée. Je crois que tu ne devrais pas lui en tenir rigueur. Mon collègue, cédant aux menaces de sa femme, finit par m'abandonner mais ma persévérance fut bientôt récompensée. Je finis par achever la synthèse de toutes nos spéculations. Et là ...

– Et là, quoi ??

– Et là, stupéfaction. »

Philippe se tut, à la recherche de sa respiration. Une pause dans la course du temps, un silence de plomb, inquiétant et lourd. Il s'éclaircit la voix et reprit, presque inaudible :

« A la différence de nous, il y a ... Anna possède des cellules différentes ... anormales, dans une partie de son être.

J'eus un haut-le-corps.

– Pardon ?

– Écoute, cette branche n'est pas tout à fait mon domaine, ma spécialité, alors je vais essayer de te résumer ce que j'en ai compris. Des agents curieux ont été trouvés dans l'échantillon de sang. Plus exactement, nous nous sommes penchés sur quelques cellules qui paraissaient présenter un aspect difforme. Il a fallu descendre jusqu'à l'échelle de l'ADN. Bref, je te fais gré des détails – et Dieu sait qu'il y en a eu ! - tout cela nous a conduits au niveau des gérontogènes. Après d'ultimes recherches compliquées, j'ai découvert la présence d'un acide aminé frappé d'une petite mais persistante anormalité. Or, après de nouvelles investigations longues et laborieuses, il s'avère que cet acide aminé pourrait être l'une des causes probables du dysfonctionnement de la fameuse protéine APP en cause dans la maladie d'Alzheimer.

Je devais regarder Philippe avec un air idiot car il s'interrompit :

– Euh ... tu suis ce que je veux dire ?

– Non. Mais alors pas du tout. Je n'en saisis pas un traître mot.

Il inspira profondément.

– Tu as raison. Pardonne-moi, je vais tâcher de faire preuve de plus ... disons, de pédagogie.

Ses yeux balayèrent l'espace comme s'il cherchait à puiser dans les objets aux alentours des arguments simples, à ma portée.

– Bon, les gérontogènes, tu vois ce que c'est ?

– Oui, enfin je crois. Ce sont les gènes sur lesquels est inscrit le processus de vieillissement de chaque individu, c'est ça ?

– On va dire que c'est cela, grossièrement. Et concernant la maladie d'Alzheimer ?

Là, je fus forcé de confesser mon ignorance. Philippe se fendit d'une explication.

– La maladie d'Alzheimer est la résultante de deux phénomènes. Il existe une protéine, nommée APP, qui est présente sur la membrane des neurones. Pour une raison encore inconnue, cette protéine est victime d'un dysfonctionnement et se met à générer un petit fragment appelé « peptide A Beta ». Tous les peptides A Beta générés finissent par s'agréger dans l'espace interneuronal en plaques dites amyloïdes. Voilà pour le premier phénomène. Le second phénomène nous intéresse moins a priori, mais je vais le résumer pour ta gouverne. Si je simplifie : à l'intérieur des neurones, il existe une autre protéine essentielle, appelée « tau », dont le rôle consiste – en substance – à permettre la transmission de l'information entre neurones. Et ceci, via les axones qui sont des espèces de queues des neurones. Lors du vieillissement, les axones meurent et avec eux les connexions entre neurones. Tout cela a lieu alors autour de l'hippocampe, dans une zone limitée et impliquée dans la mémoire. La maladie se manifeste lorsque la tau est stimulée par le peptide A Beta. Elle sort alors de sa niche et se propage dans tout le cerveau en faisant dégénérer de proche en proche les neurones. Tu as compris ?

Je fis un mouvement de balancier avec ma main droite.

– Euh ... en gros, je crois, oui.

– En conclusion, et c'est cela qu'il te faut retenir : Anna porte en elle des molécules anormales qui déclenchent l'un des phénomènes conduisant à Alzheimer. »

Oui, cela je l'avais compris. Mais je restai abasourdi par ce que je venais d'entendre. Toute cette histoire semblait sortie d'un film de science-fiction ou bien d'une mauvaise nouvelle à sensation. J'avalais ma salive.

« Bon, admettons. Cela ne nous explique toujours pas pourquoi Anna a retrouvé la mémoire de son enfance, et encore moins pourquoi elle subit des pertes de mémoire.

Philippe fronça les sourcils.

– En effet. Chaque chose en son temps. En tout cas, je ne suis pas peu fier d'avoir peut-être trouvé le début d'une explication.

– Qu'allons-nous faire à présent ? interrogeai-je.

Mon ami se récria, avec un large sourire.

– Pardi ! C'est bien pour ça que je t'ai demandé de venir ! Nous avons toute la nuit et au-delà pour nous décider.

Il fit une pause.

– Pour commencer, Anna n'est au courant de rien. Crois-tu qu'il faut l'avertir ?

– Oui, je le pense. C'est la première concernée, après tout. Je m'en chargerai si tu veux bien. »

Il acquiesça et vida la cafetière dans les tasses que nous avions englouties sans nous en rendre compte. Nous restâmes ainsi, toute la nuit, à tenter de comprendre, à trouver une raison. A simplement être deux à partager ce lourd fardeau, également.

Mais il n'y avait rien à expliquer.

Dès que je le pus, j'en touchai un mot à la principale intéressée. Mais Anna n'était déjà plus que l'ombre d'elle-même. Les médicaments qu'elle prenait ainsi que l'état de fatigue extrême dans lequel la plongeait chaque crise l'avaient rendue hagarde. Elle marqua peu de surprise à mes annonces et j'abrégeai l'entretien assez rapidement pour qu'elle pût se reposer.

Grand fut donc mon étonnement lorsque je découvris sur le blog, fin août, la première partie d'un article écrit par ses soins, évoquant ce que je lui avais glissé. La malheureuse avait dû rassembler toutes ses forces pour réaliser son dessein. Je fus heureux de constater que, malgré son abattement, elle eût pu trouver les ressources nécessaires pour m'écouter, enregistrer et transcrire afin d'informer la communauté de ses lecteurs. Certes, à bien lire son billet, Anna n'y dévoilait pas grand-chose – la force lui avait certainement fait défaut – mais elle abordait tout de même les notions de cellules et de danger. Par un dernier appel téléphonique, elle me confirma qu'elle avait le projet d'en divulguer davantage dans un prochain article, mais pour cela elle avait besoin de me revoir et, surtout, de se reposer. L'article ne parut jamais.

Anna perdit complètement la mémoire le 2 septembre 2006.

La main repose la première série de feuillets et en extirpe une seconde, nettement moins épaisse, de la table . L'écriture a changé, elle est plus désordonnée, certains mots ont du mal à être lus.

Le 13 octobre 2006.

Un mois et demi. Cela fait déjà un mois et demi que je n'ai pas écrit. Depuis cette tragique journée où elle a perdu sa conscience d'exister, où, d'être humain capable de se mouvoir, elle est devenue galet que l'on ramasse et que l'on jette à son gré.

Je n'ai pas perdu de temps durant ce mois et demi. J'ai repris un par un les descriptifs des analyses d'Anna et je les ai mis en parallèle avec les explications de Philippe qui a bien voulu me les fournir sur papier. J'ai repris également à mon compte le blog que j'enrichis régulièrement en fonction de mes recherches. La fréquentation est d'ailleurs repartie à la hausse. Je suis fatigué. Je commence à payer les interminables soirées passées à tenter de décrypter le pourquoi du comment. Je deviens irascible, Sylvie est d'ailleurs partie de manière fort opportune en vacances depuis quelques jours. C'est bien mieux pour elle, je ne suis pas vraiment un compagnon agréable à vivre ces temps-ci. Mais qu'importe ! Ce soir, je crois enfin avoir un début d'explication à tout ce mystère. Et même si c'est complètement fou, je vais coucher ma théorie sur le blog dès maintenant.

Le 21 octobre.

Quelque chose a changé en moi. Je le sens. Je le sais. Mais j'ignore ce que c'est.

Pour invraisemblable qu'elle soit, ma théorie a éveillé de la curiosité chez Philippe. Cela faisait longtemps que nous ne nous étions pas revus. Je lui ai demandé de bien vouloir intervenir sur le blog pour étayer mes propos. Plusieurs internautes traitent mes écrits d'élucubrations, d'autres discutent avec moi, en tous les cas ça ne laisse pas indifférent. Philippe m'a conseillé de prendre du repos. Il me trouve surmené.

Le 5 novembre.

Que m'arrive-t-il ? Je souffle pour monter mes deux étages et le moindre effort physique m'exténue. Il faudrait que je me remette à faire du sport.

Sylvie m'a fait remarquer, mi-figue mi-raisin, que si je continuais de la sorte, je me tuerais à la tâche. Elle a appuyé ses dires en exhibant fièrement mon premier cheveu blanc qu'elle avait eu l'audace d'arracher de ma tignasse. A 32 ans, flûte alors !

C'est vrai que je la délaisse un peu ces derniers temps.

Je passe encore voir Anna de temps en temps dans sa maison spécialisée. Je me demande parfois à quoi cela sert. Elle ne reconnaît absolument personne.

Le 23 novembre.

Rien ne va plus entre Sylvie et moi. Elle me reproche de vivre avec un souvenir et de n'être tourné que vers le passé. Elle me trouve la mine mauvaise, le cheveu terne et la physionomie horriblement hâve ! Elle a décidé de faire un break pendant quelques mois.

Je ne peux lui en vouloir mais elle ne peut comprendre.

Je dois savoir. Je veux savoir.

Le 25 novembre.

J'ai pris tous mes congés payés et ajouté des congés sans solde pour pouvoir me consacrer pleinement à mes recherches. De toute façon l'ambiance au travail ne me plaisait plus ; cette manière qu'ont les gens de vous dévisager m'horripile !

Le 11 décembre.

Cet après-midi, je me suis aperçu dans le reflet d'une vitrine de magasin.

J'ai eu un tressaillement.

Qui était donc ce petit homme voûté qui me détaillait avec anxiété ? Au début j'ai cru à un passant qui se tenait derrière, mais non, c'était bien moi. Je me suis empressé de gagner un établissement dans lequel je savais trouver des miroirs. J'ai poussé un cri d'épouvante.

Mais que m'arrive-t-il ? Des rides fripent mon visage, j'ai l'œil vitreux, délavé qui repose sur un gonflement de peau, un teint cadavérique. J'ai le cheveu qui s'effiloche, qui s'est raréfié, et les îlots persistants ont comme été blanchis à la chaux. J'ai voulu me pincer pour mettre fin à cette vision cauchemardesque. Mes mains ! Elles aussi ont subi un changement : décharnées, mouchetées de tavelures. Ces grains qui parsèment la peau des personnes âgées, qui les relient à leur fin ; le fil d'Ariane que la mort tisse pour mieux conduire ceux qui approchent.

Je suis rentré en tapinois, en rasant les murs, comme un dhimmi honteux de la marque apposée.

Je me suis transformé en vieil homme, en barbon. J'ai envie de vomir.

Le 14 décembre.

Ce sont *eux* les responsables, j'en ai l'intime conviction désormais. J'ai appelé Philippe qui est venu en catastrophe. Il n'a rien dit mais l'effroi de son regard a fini de m'achever. Je l'ai supplié de m'aider à trouver une solution. Pour cela, il nous faut mettre en sûreté les prélèvements d'Anna ainsi que ses analyses, et révéler au grand public toute cette horreur. Bien que lui-même un peu fatigué, Philippe a accepté l'idée et m'a quitté, vivement tourmenté.

A l'heure qu'il est, j'entreprends un grand article à destination du blog.

J'éprouve de plus en plus de difficultés à focaliser mon attention sur des durées longues.

Légèrement trémulante, la main saisit la dernière feuille non lue. Cette fois l'écriture est presque illisible, les lignes ne sont plus respectées, les lettres bégaient, les mots s'entrechoquent maladroitement.

Les yeux se plissent à la lecture, comme pour mieux supporter ce qu'ils vont découvrir.

Le 17 décembre.

Philippe m'a appelé en catastrophe. L'armoire qui contenait les clichés et les résultats a été saccagée !

Philippe a fouillé de fond en comble le laboratoire et mène son enquête.

Tout s'éclaire. Je ne suis pas encore parvenu à écrire sur le blog, trop long, trop de détails. Je me suis reposé pour jeter toutes mes forces dans l'explication qui va suivre.

Les cellules étrangères qui infestent le corps d'Anna agissent directement sur notre mémoire. Ce sont elles qui provoquent le grand trou noir des souvenirs – le fameux « blast » - vers 5 ou 6 ans. Ce qui fait qu'aucun adulte n'est capable de décrire avec précision les événements qu'il a vécus entre zéro et quatre ans. La question que l'on peut légitimement se poser est alors : pourquoi effacer la mémoire de nos origines ? Je me le suis longtemps demandé mais à présent je crois tenir une réponse. Des les premiers mois de l'existence, ces cellules sécrètent une substance qu'elles diffusent dans le corps du bébé. La propagation de cette substance doit être douloureuse, ce qui entraîne les fameux pleurs inexpliqués du soir, voire de la journée. Tous ces pleurs que l'on ne comprend pas et à propos desquels on dit commodément : « Il a besoin de décharger son énergie » ou « C'est parce qu'il est fatigué » ou encore « C'est un défouloir ». La « chose » sécrétée doit certainement être l'acide aminé anormal dont parlait Philippe, celui qui vient perturber dans les neurones la protéine APP. Du coup, la boucle est bouclée : si, nous autres humains, découvrions par hasard que des organismes pourraient être la cause d'une maladie, nous ferions tout pour les éradiquer. Supprimer notre faculté de nous souvenir devient alors une question de survie pour les organismes en cause.

Là où cela prend une tournure machiavélique, c'est que je suis intimement persuadé que ces « molécules » sont douées d'une forme d'intelligence. Elles n'agissent pas uniquement par raison de survie. Sinon, comment expliquer leur décision de frapper Anna d'amnésie totale ?

Mais il y a pire encore. Elles *communiquent* entre elles. Par quel moyen, quel biais, je l'ignore. Je suis la preuve vivante de cette forme de communication. Ma soudaine sénescence est de leur fait, de leur volonté. Et si je suis touché à mon tour, c'est que moi-même je suis porteur de ces saletés, que mes gérontogènes sont aussi envahis. Et si je suis porteur, cela signifie que nous sommes tous porteurs. L'humanité entière.

Notre chance est le cas d'Anna : pour une raison inconnue, un grain de sable est venu déchirer le voile de l'oubli.

Le 26 décembre.

Je n'ai pas eu la force de recopier sur le blog.

Ma dernière action sera de classer ces feuillets pour que, après mon départ, les preuves de cet épouvantable drame puissent être reconstituées.

Je voulais tant app

Un long soupir retentit dans la pièce. Les yeux,

encore habités d'un émoi naissant, perdent soudain toute trace de nostalgie et se remplissent d'une conviction inébranlable, d'une détermination froide.

Les deux mains rassemblent tous les papiers, puis le corps se dirige vers l'âtre crépitant. Les feuilles sont jetées une à une dans le brasier. A chaque page léchée par le feu, une lueur d'autodafé vient éclairer un corps béant à terre. Le cadavre tient encore dans sa main un stylo. Son visage s'illumine par intermittence, au gré du caprice des flammes léchant le papier. C'est un vieillard à la peau grumelée, il paraît centenaire tant son corps est usé, ses membres étiques.

Philippe n'a pas un seul regard pour le gisant. Il examine ses propres mains. Les premières rides ont déjà disparu.

Il sait que la décision qu'il a prise est la bonne.

LE PROCÈS

« Accusé, levez-vous ! »

Les mots résonnèrent durement à ses oreilles. Il s'exécuta, tremblant comme une feuille. Tandis que le juge égrenait la longue litanie des griefs qui lui étaient reprochés, il baissa piteusement la tête de confusion. Était-il possible que tous ces actes ignobles eussent été commis par lui ?

En premier lieu, fut exposé le cas du jeune Léo, alors qu'il dormait paisiblement dans sa maison de campagne. Le juge l'apostropha durement :

« Vous savez de quoi il est question, je présume ??

Il hocha la tête, faussement penaud.

– Des cris !! reprit le magistrat d'un ton farouche. Vous n'avez pas cessé de crier toute la nuit. Des cris … que dis-je ? Des hurlements ! Et le pauvret n'a pu fermer l'œil jusqu'à l'aube, terrorisé comme de juste.

Notez que nous citons Léo à titre d'exemple, mais je signale à la cour que pareil agissement saugrenu s'est reproduit dans bien d'autres habitations, avec les mêmes conséquences. »

On l'accusa ensuite d'avoir détruit un verger, ce qui avait eu pour conséquence de mener son propriétaire au bord de la ruine ; avant de lui reprocher de s'approcher plus qu'il n'en fallait de certaines populations dites « fragiles », comme les enfants ou les personnes âgées, déclenchant ainsi des troubles de la santé.

Il ne voyait là que des griefs mineurs et se sentait comme étranger aux paroles que lui soufflait le tribunal. Cependant le réquisitoire se faisait plus agressif à mesure que le temps avançait. Vinrent ensuite les chefs d'accusation portant sur le crime.

« Si je vous dis massif du Mont-Blanc, aiguille de T..., l'hiver dernier, cela vous rappelle quelque chose ? »

Il sursauta. Oui, bien sûr que cela lui rappelait quelque chose. Cette cordée d'alpinistes engagée dans une pente enneigée à cinquante degrés. Mais il n'était pas coupable, ce n'était pas lui. Comment expliquer à la cour que c'était un de ses lointains cousins qui était responsable du dévissage des malheureux ?

De même, emporté par sa vindicte, le juge lui imputait cet autre accident dans lequel un guide et son client périrent balayés comme des fétus de paille. On avait, paraît-il, perçu une explosion sourde avant l'avalanche. Il eut beau protester qu'il faisait beau ce jour-là, personne ne l'entendit.

Sans coup férir, on aborda le délicat sujet de la maladie obsessionnelle dont il serait affublé : la pyromanie, avec son cortège d'hectares partis en fumée au plus fort de la sécheresse, de villages entiers désertés, de populations déplacées. Et cette fois-ci, les preuves étaient flagrantes, ils étaient deux complices à l'origine de tous ces méfaits. Malheureusement pour l'accusé, son compère n'avait pu être saisi et de fait il encourait seul le courroux de ses pairs. Certes, il lui était arrivé de jouer avec le feu mais jamais, au grand jamais, au point de déclencher un incendie ! C'était grotesque.

Il soupira. A quoi bon évoquer un membre de son clan originaire du sud certainement auteur de ces désastres, on aurait tôt fait de l'abreuver de quolibets.

« Pour terminer, messieurs les jurés, poursuivit le juge, il me faut parler de plusieurs événements tragiques, mettant en cause l'accusé, qui se sont déroulés en mer. »

Et voilà ! L'énumération morbide allait reprendre pour la énième fois.

Plutôt que d'écouter, il décida de se concentrer sur les quelques minutes dont il disposerait dans un instant pour se défendre, sitôt la plaidoirie de la partie civile terminée. Aussi n'entendit-il pas l'exemple de ce naufrage d'un chalutier parti en pêche en haute mer, ou encore celui de ce port dévasté en pleine saison touristique. C'était insensé. Comme s'il avait l'âme d'un saboteur !

Enfin la logorrhée prit fin. Le temps ralentit sa course.

« La parole est à l'accusé !

Il caressa l'assemblée d'un regard et commença :

– Je veux vous démontrer que je ne suis pas l'être vil que vous décrivez. Puisque vous parliez de la mer, permettez à mon tour que je cite des faits sur cet élément qui mettront en exergue ma bonne nature. N'ai-je pas secouru, plus qu'à mon tour, les véliplanchistes désœuvrés et les surfeurs dépités ? Avez-vous demandé aux cohortes de touristes venus envahir les plages si je ne les avais pas soulagés, déambulant nonchalamment sur le sable parmi eux ? Une certaine madame K … pourra notamment avérer mes propos si besoin est.

Un murmure choqué parcourut les bancs. Alors il mugit d'exaspération :

– Attendez, ce n'est pas tout ! Je suis aussi un protecteur de la nature… »

Les phrases sortaient à présent par rafales brèves et saccadées. Les aigles et les albatros lui devaient tout de même une fière chandelle, il n'avait jamais lésiné sur les moyens pour les aider, que diable ! Et que dire de son dévouement pour la flore en général ? Il était chargé notamment depuis des années de la dissémination des graines d'arbres, tâche dont il s'acquittait avec la régularité d'un métronome.

Alors bien sûr, on lui reprochait des faits graves mais cependant qui dans cette tribune avait réellement pris la mesure de ce qu'il était ? Au-delà de tout il se considérait comme un artiste avec un grand A, et il l'osa affirmer vibrant de satisfaction. Pourquoi, lors des jugements, n'abordait-on jamais les petits actes générateurs de bienfaits qui, multipliés, seraient en mesure d'équilibrer l'opinion que l'on se fait de tel ou tel ?

Le juge l'avait admonesté tantôt parce qu'il avait poussé plusieurs plaintes mais c'était occulter trop facilement tous les chants mélodieux qui avaient forgé sa réputation dans nombres de contrées. Là aussi moult habitants des montagnes et des littoraux pouvaient témoigner de sa bonne foi. Il demanda également à la cour de prendre en considération ses plus grandes œuvres, à commencer par ses sculptures majestueuses éparpillées à travers le monde. Personne ne pouvait nier qu'il était un grand ciseleur devant l'éternel, tout de même ! Qui plus est, errant dans les jardins publics, il s'était dépensé sans compter pour murmurer à l'oreille des amoureux les musiques les plus suaves.

Puis il fit porter à l'attention de tous, que les plus grands auteurs de littérature, de Chateaubriand à Genevoix, lui avaient rendu de fiers hommages au travers de leurs œuvres.

Enfin, sentant le temps ralentir sa marche, il joua son va-tout :

« Je ne suis pas prêt à endosser toutes les responsabilités, y compris pour des membres de ma famille. Certaines personnes sont absentes aujourd'hui, je vais tout de même les citer, vous pourrez diligenter une enquête si bon vous semble. Je ne suis pas responsable de la chute des alpinistes en hiver, il faudra vous adresser à mon cousin Fœhn. Je ne suis pas responsable des incendies provoqués en Provence, je vous encourage plutôt à demander à un certain Mistral… »

Apercevant le Temps arrêter sa course, le juge lui fit signe de repartir afin que l'accusé finît son intervention. Celui-ci lui en sut gré et conclut :

« De même, le port dévasté serait une folie d'une de mes sœurs avec laquelle je suis brouillé : Tornade de son prénom.

Pour terminer messieurs les jurés, j'accepte que vous me jugiez mais à la seule condition que chacun de nous ait une part de responsabilité identique. Je pense notamment à vous ! fit-il, pointant un doigt accusateur vers un des membres, qui perdit un peu de son éclat. A-t-on évalué conjointement les torts du Soleil et de moi-même dans l'accident de l'avalanche ?? »

Cette dernière réplique jeta le trouble dans l'auditoire. Le juge leva les sourcils, contrarié, et décida de lever la séance.

Après tout si on condamnait à la va-vite le Vent, ne risquait-on pas de condamner tout le monde ?

JEAN-PATRICK FONTAINE

Jean-Patrick Fontaine avait toujours vécu à Paris. De son enfance, passée à user ses fonds de culotte sur les bancs de l'école, aux années universitaires effectuées à la faculté de Jussieu, il n'avait connu que l'atmosphère de la ville.

Du reste cela lui convenait parfaitement.

Dès le plus jeune âge son fort caractère l'avait heurté à autrui. Bien décidé à ne jamais céder – quelle qu'en fût la raison – que ce soit pour le gain d'une partie de billes ou sa place dans le rang de la classe, il avait essuyé de nombreux revers et s'était retrouvé plus qu'à son tour dans des rixes violentes. Cette propension à vouloir s'imposer s'était tout naturellement trouvée chez lui et l'avait conduit à prendre progressivement l'ascendant sur nombre de ses pairs. Au collège il avait commencé à collectionner les idylles, impressionnant les jouvencelles autant par ses brillants résultats scolaires que par un incontestable charisme. Plus tard il prit un malin plaisir à entretenir la contradiction avec ses professeurs de lycée ; sa verve prolixe parvenant la plupart du temps à les réduire a quia, à la plus grande joie de ses camarades. Décrochant le baccalauréat avec mention il intégra la prestigieuse HEC, après quelques années à fréquenter les couloirs de l'université. Il se faisait alors remarquer en conduisant et organisant avec brio, des débats passionnés au creux des amphithéâtres, invectivant la partie adverse, construisant son argumentaire avec fougue.

Il vivait, imprégné d'un truisme que l'on pouvait énoncer comme suit : personne ne semblait pouvoir lui résister. D'ailleurs si tel avait été le cas, cela l'eût parfaitement étonné, habitué qu'il était à ce que l'on pliât sous sa volonté.

A l'âge de vingt-cinq ans il avait créé sa propre entreprise spécialisée dans la sous-traitance informatique. Rapidement sa politique commerciale audacieuse et sa volonté implacable de conquérir toujours plus de parts de marché avaient propulsé la société en haut des établissements de renom. Jean-Patrick Fontaine – ou JPF comme le surnommaient ses collègues – avait décidé il y a cinq ans d'entrer en bourse, après avoir tenu personnellement à écraser dans l'œuf les quelques remarques timorées de frileux qui voyaient là un bien périlleux exercice. L'opération s'était parfaitement déroulée et les actions s'arrachèrent comme des petits pains. Lui-même se vit rétribué à hauteur d'une coquette somme.

La vie suivait donc son cours normal ; il était programmé pour la réussite.

Aussi lorsque, par une belle journée d'automne, le géant des sociétés de services d’ingénierie informatique « Windoo » avait lancé une OPA contre son groupe, fut-il très contrarié. A vrai dire sa première réaction fut la surprise, ne comprenant pas que l’on osât s’attaquer à lui. A l’étonnement succéda la griserie d’un affrontement dont il faudrait se sortir en faisant l’étalage de sa légendaire hargne. Cela renforcerait l’image de l’entreprise.

Ce matin de décembre, marchant d’un pas allègre sur le parvis de la Défense, JPF était d’humeur joyeuse. Les choses devaient prendre une tournure décisive aujourd’hui, et il était confiant. Ne venait-il pas de passer une folle nuit d’amour avec Leslie, cette jeune femme croisée lors d’un salon d’affaires à New York ? Ce soir, l’affaire bouclée, il partirait en vacances rejoindre ses amis à Megève pour quelques jours de ski.

Il aspira une grande bouffée d’air frais. Le vent courait entre les grandes tours, chargé des impressions matutinales des passants. Il y avait déjà beaucoup de personnes sur l’esplanade, pour la plupart des cadres enserrés dans leur frac, une mallette dans une main, un journal dans l’autre, la démarche pressée. Une vague odeur de croissant chaud chatouillait les narines. Il percevait dans l’atmosphère, devinait dans les nuées que les choses tourneraient en sa faveur. Il accéléra le pas.

Enfin il parvint au pied de la façade vitrée du siège social et s'y engouffra, salué par un vigile à qui il dédaigna de montrer son badge. De sémillants sourires l'accueillirent à l'entrée, distribués par deux réceptionnistes pétulantes. D'habitude il les gratifiait d'une parole ou glissait un petit quolibet, et leurs visages s'irradiaient de bonheur. Mais aujourd'hui l'avenir de son groupe l'attendait, il ne voyait personne. Un bref hochement du chef et le voilà à attendre l'ascenseur un peu plus loin dans le hall, en compagnie de quinquagénaires rasés de près.

« Alors monsieur le président, content d'être prochainement en vacances ? »

JPF jeta un œil torve sur l'importun personnage. Un petit rire servile fendait son visage. Le rire bientôt se figea, gêné de ne recevoir aucune réponse. JPF se força encore un peu à attendre, savourant le malaise de son collègue, puis grogna quelque chose d'indistinct. Enfin le calme. De nouveau.

A présent la cabine s'élevait dans les hauteurs, déversant et absorbant un flux continu de personnes. Au 7ème étage il fut obligé d'échanger quelques banalités d'usage avec la directrice des ressources humaines qui, heureusement, palliait son insipidité par un généreux corsage. Se rapprochant un peu, elle finit par demander :

« Et comment les choses se présentent-elles pour Windoo ?

Il balaya la question d'un geste de dédain.

– La réunion de direction a lieu ce matin. En tout état de cause Windoo en sera pour ses frais, je te le garantis ! »

Rassurée elle le quitta au 11ème étage.

Enfin il arriva au département de la direction. Un vaste couloir feutré parsemé d'alcôves, au sein desquelles se mussaient de petits salons, courait entre les multiples salles. Une sourde angoisse peignait les visages, ce qui l'agaça sensiblement. François Seaudieu vint à sa rencontre. Le directeur adjoint semblait lui aussi inquiet.

« Salut Jean-Patrick, tu veux prendre un café avant de commencer ?

– Non, inutile de perdre du temps. Allons-y tout de suite. »

Ils débouchèrent dans un patio, de verrerie couronné. Mlle Figeac, au chignon sévère, accourut et remit à son patron les derniers documents administratifs concernant l'affaire. JPF y jeta un œil, fronça les sourcils et se dirigea vers une des portes attenantes à la petite cour. Le directeur adjoint lui emboîta le pas.

La salle de réunion était au complet. Une demi-douzaine de personnes remplissait la pièce, toutes assises sagement autour d'une table ovale de palissandre. Outre JPF et François, on trouvait le directeur général des finances, les chefs des principaux départements, ainsi que deux représentants des petits porteurs d'actions.

David Kavela, chargé de la communication au sein de

l'entreprise, commença par résumer l'offre de Windoo. Il en ressortait que le géant américain proposait un prix d'achat par titre 3% plus élevé que le dernier cours suspendu, et qu'il s'était porté garant de la pérennité des emplois en cas d'acquisition.

« Quel est l'avis des actionnaires ? s'enquit JPF.

Edouard Manglin déplia sa longue carcasse et commenta :

– Comme vous ne l'ignorez pas, OPA est synonyme de plus-value. Et celle-ci ne fait donc pas exception à la règle…

– Allons, allons, vous ne me ferez pas croire qu'il n'y a pas d'autres paramètres à prendre en compte ! L'action n'a-t-elle pas cessé de progresser depuis son introduction en bourse ?? »

JPF fit un signe et les lumières s'éteignirent. Un rétroprojecteur se mit à ronronner et un diagramme apparut sur un mur. Il bouillait d'impatience, sa démonstration devait être brillante, sans failles.

« On le voit clairement à la lueur de ce graphique, l'action introduite à 19,83 € n'a fait que grimper pour atteindre les 32 euros actuels, soit une augmentation de plus de 161 %. Notez que ce pourcentage inclut les prises de bénéfices régulières qui ont grevé cette ascension.

Manglin eut un sursaut. JPF l'arrêta de la main.

– Que l'on soit bien clair : la prise de bénéfices est tout à fait naturelle et souligne la bonne santé de l'entreprise. Je remarque simplement que notre croissance a toujours été suffisamment dynamique pour digérer l'absorption de profits des actionnaires. »

Sans s'appesantir sur ce terrain qu'il pressentait mouvant, il enchaîna sur les excellents bilans annuels publiés, la confiance toujours par vote renouvelée, l'équilibre des comptes, etc. tout cela dans une débauche de schémas, camemberts et tableaux bombardés à une cadence infernale.

Puis il fit tomber la nouvelle : une Assemblée Générale Extraordinaire aurait lieu la semaine prochaine. Manglin et son acolyte haussèrent légèrement les épaules, dubitatifs. JPF sentit la moutarde lui monter au nez. Que croyaient-ils, ces deux-là ? Ce discours, il le tiendrait devant des centaines d'actionnaires, il saurait les convaincre comme il avait toujours su imposer son point de vue, dans tous les domaines, tout au long de sa vie. Personne ne lui arracherait sa société ! Pour qui donc le prenaient-ils ?

Subitement énervé, il frappa du poing sur la table, vultueux. Tout le monde sursauta.

« Ça suffit maintenant ! J'entends faire ce qu'il me plaît comme il en a toujours été. J'espère que c'est bien clair, non ? »

Un léger malaise vint planer au-dessus de l'assemblée. Il en fut satisfait. Cette phrase, il l'avait maintes et maintes fois répétée au cours de son existence. Il avait toujours eu l'étrange pressentiment d'être maître des directions que devait prendre sa vie, de savoir ce que son destin appelait.

Désormais les choses iraient de soi, il en était convaincu.

*

Oméga-Sirius émergeait peu à peu de sa catalepsie. Il reprenait conscience de la réalité. L'absence de vie avait été courte mais bienfaitrice. Des milliers de flux électriques parcoururent son corps spongieux ; le continuum espace-temps l'habitait de nouveau. Comme cela était bon. Il fit jaillir quelques tentacules pour se dégourdir, puis chercha par l'entremise des ondes le corsetant la présence de sa compagne. Des bruits lui parvinrent de la pièce à côté. Ce devait être les enfants qui avaient invité des amis pour jouer à leur jeu, une fois de plus.

A son apparition, il y avait trois milliardièmes de secondes, le jeu avait séduit presque tous les jeunes du carré de Loi qui s'étaient mis à le pratiquer fiévreusement, s'invitant une fois chez l'un, une fois chez l'autre.

Il essaya à nouveau de localiser son alter-ego mais les ondes étaient perturbées par les émanations des enfants. Il décida d'aller leur signifier ce qu'il en pensait. Cela lui fournirait en plus l'occasion d'appréhender son fils qui, d'ailleurs, faisait plus de tapage que les autres. S'harmonisant avec son environnement, il lévita et se dirigea tranquillement vers les trublions. Au moment d'apparaître dans leurs champs électriques, il repensa à leur passe-temps favori. Son soupir de désolation perturba un instant la Loi. De son temps, on était quand même plus raisonnable.

Il pénétra dans le continuum personnel des enfants. Son fils était en pleine action, occupé à déplacer son pion ; il l'entendit annoncer à ses camarades, mimant les actions de son personnage : « Je m'avance, je tape du poing sur la table et je m'écrie : ça suffit maintenant ! J'entends faire ce qu'il me plaît comme il en a toujours été. J'espère que c'est bien clair, non ? »

Ils étaient tous captivés par leur scénario. C'est à peine s'ils remarquèrent sa présence.

Quelle drôle d'idée tout de même, fallait-il que les jeunes d'aujourd'hui fussent désœuvrés pour s'évader de la sorte, créer un monde imaginaire et incarner des personnages par ailleurs complètement loufoques !

Comment pouvait-on se passionner pour un jeu dans lequel on figurait des êtres totalement virtuels, qui n'existaient que par le caprice de la fiction ?

Il ne se l'expliquait pas.

SONGE D'UNE VIE

[1er jour]

J'ai aujourd'hui 13 ans. Et je décide de tenir un journal intime. C'est marrant, je pourrais le dicter à mon ordinateur ou bien le mettre en images 3D grâce au transcripteur de pensées, mais j'en ai pas envie.

Un bon vieux cahier fera l'affaire.

J'ai invité cinq copains et copines : Camille, Ertaka, Lucens, Elia et Mickael. On s'est drôlement amusé à la console ; le gâteau d'Elia était délicieux et j'ai eu des tas de cadeaux, dont un super chien-robot pré dressé. Il s'appelle Nestiak.

[14 jours plus tard]

j'en ai marre des cours d'école par vidéo-conférence. Le prof de physique m'a dit que je n'avais rien compris à la leçon sur les trajectoires de mobiles. C'est vrai que ça m'a collé un mal de crâne, toutes ses explications. Même papa a été gentil. Il a déconnecté, avant la fin du cours, le prof qui est devenu tout rouge.

Je n'aime pas la physique.

[9 mois plus tard]

Premier jour à la Baule. C'est sympa mais toutes les vacances, on vient ici ! Papa et maman disent qu'on n'a pas les moyens d'aller ailleurs. Moi j'aimerais bien raconter quelque chose de nouveau aux copains à la rentrée.

[13 mois plus tard]

Mickael est vraiment bizarre parfois. Il est venu manger à la maison, on a voulu regarder notre série préférée : « Star Wars XV » mais il y avait des problèmes de réception. Du coup, on a discuté de l'épisode précédent. Eh bien il raconte n'importe quoi ! Comme si Dark Red avait été blessé à bord de son vaisseau ! Alors que c'est arrivé lors d'un duel. Beaucoup d'autres choses qu'il a décrites ne correspondent pas du tout à ce que j'ai vu. J'ai l'impression que l'on n'a pas assisté au même film. En fait plus les heures passent, moins je me rappelle de ce que l'on s'est dit. Je vais me coucher, j'ai un peu mal à la tête.

[25 mois plus tard]

J'ai passé l'après-midi avec mes copains en ville. Au début, c'était plutôt bien, on a mangé dans un bar ; Elia a pris un soda antigravitation. Il fallait tous nous voir faire des bonds en l'air pour attraper le liquide avec la bouche !

Ensuite, on est allé voir un film mais il y a eu quelque chose de bizarre sur le trajet. A un moment, tous mes camarades se sont figés, fixant la chaussée comme s'il s'y passait un phénomène étrange. Pourtant la circulation était fluide. Je sais que ensuite, ils ont vivement discuté avec moi. Je ne me souviens pas bien de ce qu'on s'est dit, tout ce dont je me rappelle, c'est qu'à la fin, ils ont cru que je me fichais d'eux !

J'ai pas tout compris, mais cela m'a rendu triste.

Le film était cool, malgré les capteurs olfactifs mal réglés. Je n'en ai pas trop profité, ma tête cognait à tout rompre.

[43 mois plus tard]

(...) Des fois j'ai l'impression d'être différent des autres, de ne pas être compris. Il y a des jours où tout le monde me regarde étrangement, comme si je jouais la comédie ou que je faisais exprès d'ignorer des choses évidentes. Mes parents sont venus me tranquilliser, en m'expliquant que je souffrais probablement d'un mini autisme qui se résorberait avec le temps. Ça m'a pas trop rassuré.

[50 mois plus tard]

Elle est blonde, elle porte des combinaisons Newsky délavées, elle s'appelle Eléa et je l'aime de toute mon âme. Elle possède une culture incroyable ; je lui ai posé des tas de questions sur l'Histoire, une des mes passions. Elle est intarissable.

[55 mois plus tard]

Premier baiser furtif. Personne ne pourra me voler cet instant à tout jamais gravé dans mon cœur. La vie m'appartient.

[81 mois plus tard]

Je reprends l'écriture, juste un mois après mon réveil. Je ne suis pas sûr d'être encore celui que j'étais. Tout est trouble, dans ma tête, dans mon corps. Suis-je guéri ? Les anciens copains ont repris contact avec moi. J'ai dans mon souvenir une fille au visage d'ange ; les pages d'écriture que j'ai noircies sur elles sont sans ambiguïté. Pourtant, je n'en garde qu'une douce mélancolie. Je passe mes journées sur le simulateur de voiture que papa a acheté, je me suis découvert une nouvelle passion !

[84 mois plus tard]

Mes parents m'ont offert une voiture. Je l'essaye dès demain, ça va être génial !

Je reprends goût à la vie ; j'ai enfin de nouveau des tas de projets. Je vais désormais acquérir plus d'indépendance avec ce moyen de locomotion. (...)

**

Le professeur Hermann Von Klipfer était parti d'une idée très simple : si on faisait vivre en rêve une situation identique, répétée, à un individu depuis son plus jeune âge, il finirait par la reproduire dans le monde réel, au cours de sa vie d'adulte, même si la situation défiait les lois physiques fondamentales.

Déjà connu dans le milieu scientifique, Klipfer parachevait une thèse tendant à prouver les facultés insoupçonnées que possèderait le cerveau humain, dès lors qu'aucun obstacle ne viendrait troubler une vision très fréquemment rencontrée. Le noyau central de ses travaux reposait sur la force de l'autosuggestion, combinée à un conditionnement efficace du sujet. Souhaitant que sa thèse s'accompagnât d'un cas pratique, qui apporterait la preuve du bien-fondé de ses hypothèses, il avait entrepris très tôt des démarches auprès des services compétents pour se procurer un cobaye. Dieu merci, en ce début de 22ème siècle, les hommes semblaient avoir pris leur distance vis-à-vis du sentiment de générosité et de pseudo-fraternité qui avait prévalu durant la première moitié du siècle précédent. Après quelques tampons et formalités administratives, la commission d'éthique lui accorda la location de Jérémy A..., enfant d'un prisonnier de droit commun. On programma donc la naissance dudit Jérémy en prélevant le sperme de son père et en l'inséminant à un robot porteur-artificiel. Le garçon naquit seulement trois mois après le début des travaux du professeur. Klipfer avait bien calculé. C'était une location longue durée puisqu'il avait contracté un prêt sur vingt ans, le temps, selon lui, que le cerveau du sujet intégrât sans plus aucune remise en question l'événement auquel son esprit allait être soumis.

Klipfer fut confronté en premier lieu à un souci d'ordre pécuniaire. Il fallait en effet se débrouiller pour que Jérémy ne rencontrât sous aucun prétexte, dans sa future vie, l'effet véritable de ses visions dans le monde réel, ou alors qu'il n'entendît point évoquer la chose. Sur vingt années cela était délicat à réaliser, à moins de disposer de beaucoup d'argent. Heureusement le budget de la recherche était l'un des plus importants du gouvernement et Klipfer, sûr de ses relations haut placées, ne connut finalement guère de difficultés pour obtenir ce qu'il désirait ; d'autant plus que ses travaux, s'ils étaient couronnés de succès, pouvaient déboucher sur des applications stupéfiantes aussi bien dans la vie civile que militaire. Ceci, à moins que ce ne fût cela, avait réveillé une lointaine philanthropie endormie chez une poignée de mécènes qui versèrent prébendes et fonds providentiels.

Quant au protocole de l'expérimentation, consigné au sein d'une archive numérique, il était somme toute relativement simple.

Une première phase consistait à choisir le sujet ainsi que l'image – dénommée « signe » dans le jargon scientifique – qu'on lui assènerait quotidiennement. Un long paragraphe définissait ensuite les modalités de transmission du signe ainsi que ses caractéristiques :

supports, fréquence, puissance, ... Enfin, après une longue période d'imprégnation (s'étalant sur vingt ans dans ce cas), pendant laquelle on s'assurerait à intervalles réguliers du conditionnement efficace du sujet, suivrait le test final, prosaïquement appelé « rencontre » : on confrontait le sujet et le signe dans la réalité. La rencontre était par nature unique, et cette exigence lui conférait un caractère tout à fait crucial. Le professeur et son équipe n'avaient pas le droit à l'erreur.

Après maintes tergiversations, Klipfer arrêta sa décision quant au choix du signe.

Dès que l'enfant serait en mesure de conceptualiser l'objet automobile, c'est-à-dire aux alentours d'un an, il vivrait en songe un accident de la route dont il serait le principal acteur. Bien entendu lors de ses premières années de vie, le tableau vécu ne serait que parcellaire, l'enfant ne pouvant intégrer la totalité des détails, bien trop abscons pour lui. La scène était la suivante : une voiture, au volant de laquelle le rêveur se trouvait, roulait à vive allure dans le centre d'une ville. Pour une raison obscure, le conducteur perdait soudainement le contrôle de son véhicule, qui se dirigerait alors tout droit vers une façade. On biaisait alors la réalité, à cet instant précis, pour basculer dans le virtuel. Au lieu d'une collision effroyable où véhicule et occupant eussent été impitoyablement broyés, disloqués par le passage instantané d'une vitesse élevée à une vitesse nulle, on imposait au cerveau de Jérémy l'image d'un engin traversant de part en part l'obstacle, comme si de rien n'était. Le trajet se poursuivait alors sans effets notables, sans heurts, pour lui et sa voiture. Il va sans dire que cette situation devait être perçue comme *naturelle* par le rêveur, aucune appréhension de quelque sorte que ce fût ne devait être ressentie, sous peine d'invalidation du test final.

Une première interrogation avait immédiatement point, alors que le professeur rédigeait ce protocole d'expérimentation. Pour que le signe apparût comme banal aux yeux de Jérémy, il ne fallait pas que ce dernier constatât un décalage avec d'autres situations issues de la même logique, que celles-ci fussent directement liées ou non à la collision dévoyée. Ainsi, tout phénomène susceptible de parvenir à la rencontre inopinée de deux objets se devait de respecter les mêmes règles que celles qui prévalaient lors de ses apparitions oniriques. Mais comme le champ d'applications restait encore trop large avec cette simple recommandation, et laissait trop de place à l'improbable, on y adjoignit un alinéa stipulant que cela ne concernerait pas la gravitation. Cette dernière pouvant en effet fort bien s'assimiler à une percussion entre deux objets, l'un d'eux étant toujours le sol. Pour des raisons évidentes de fréquence, on écarta du protocole cette manifestation de la vie bien trop courante. Un verre chéant à terre et qui se brisait en heurtant une surface dure, n'entrait donc plus dans la catégorie, et il était accepté que le cobaye considérât cela comme normal. Fort de ce filtre, il était encore nécessaire d'expurger du cerveau de Jérémy tous les chocs ne résultant pas de l'attraction terrestre. Ou de les altérer. Pour ne pas surcharger le protocole, il fut décidé que l'on n'interviendrait pas sur la collision entre deux animaux, mais uniquement lorsque cela concernerait un humain et un obstacle quelconque. Mais en toute circonstance il faut raison garder : en vingt ans, il pouvait se passer énormément de choses, de rencontres fortuites, de coups du hasard, ... qui risquaient de réduire à néant les efforts des chercheurs. Et comme le budget de l'expérience n'était pas illimité, qu'acheter l'entourage de Jérémy eût valu au professeur d'effectuer des dépenses exorbitantes, il eut la bonne idée de placer l'enfant dans une structure d'éducateurs dont les encadrants seraient des salariés du ministère de la recherche.

Pour limiter au maximum les déplacements, des cours à domicile furent donnés au sujet tout au long de sa vie scolaire. Il apparut cependant que toutes les situations de collision ne pouvaient être évitées, aussi Klipfer eut recours à une opération chirurgicale : une puce microscopique préprogrammée fut implantée dans le cerveau de Jérémy, qui devait effacer la mémoire du garçon dès qu'un événement « non conforme » était détecté. Les lectures de Jérémy, les émissions de télévision, les jeux qu'il affectionnait étaient tous passés au crible du processeur. Bien sûr, certaines des réactions de ses amis, les réflexions de quelques inconnus pouvaient le troubler, mais Klipfer prétendait, à l'aide de savants calculs, que le seuil en deçà duquel l'expérimentation était non valide n'avait jamais été atteint. Les vacances – bien que l'on n'en accordât peu au garçon – ainsi que les sorties en ville entre camarades, constituaient les moments les plus délicats. Mais la puce remplissait à merveille son office et supprimait du cerveau juste ce qui était nécessaire. Toutefois, afin de limiter au mieux la probabilité de croiser un phénomène de collision et de soulager le travail de la puce, l'équipe du professeur décréta qu'il n'y aurait qu'un seul et unique lieu de villégiature pour la famille, une fois par an, et pour une durée n'excédant pas deux semaines.

Jusqu 'à l'âge de quinze ans, le système fonctionna plus ou moins bien. Jérémy reçut une instruction classique, lia amitié avec quelques-uns de ses pairs, et tissa une affection avec ses parents adoptifs, qualifiée de « raisonnable et restant dans les limites de la validation du protocole » par Klipfer. Le professeur trouva intéressante l'idée que l'adolescent consignât ses impressions sur un journal intime, il voyait là un moyen supplémentaire de vérifier l'état émotionnel de son patient. Le carnet fut donc subtilisé à intervalles réguliers pour analyses et contrôles divers.

Et puis, à l'aube de sa dix-huitième année, il arriva ce qui devait arriver : Jérémy tomba amoureux d'une jeune fille. Depuis sa plus tendre enfance il s'était intéressé aux livres – de papier ou numériques – et cette passion ne l'avait pas quitté, avec une prédilection pour tout ce qui touchait à l'Histoire en général. Éléa V... était archiviste à la bibliothèque municipale et en tant que telle dirigeait, malgré son jeune âge, le service dédié à la « culture humaine ». Très vite une multitude de points communs rapprocha les deux jeunes gens. Jérémy délaissa bientôt les robots-assistants de rayon pour solliciter plus qu'à son tour la jeune femme. Souvent elle le retrouvait en début de soirée en train de feuilleter, à l'aide de capteurs sensitifs disposés aux extrémités des doigts, les pages virtuelles d'un ouvrage qu'elle lui avait recommandé. Jérémy tomba le premier amoureux, puis l'idylle prit un double sens au bout de quelques mois. Klipfer, alerté par son équipe considéra d'abord l'événement comme positif pour son expérience. Un épanouissement du sujet était à prévoir, ce qui pouvait contribuer à minorer quelques inhibitions susceptibles d'être encore présentes chez le jeune homme. Et pour valider l'expérimentation aux yeux de la communauté scientifique, il lui était absolument nécessaire d'apporter la preuve d'un bon développement psychologique. Mais par la suite, les choses ne tournèrent pas exactement comme il l'eût souhaité. Bien naturellement, Elea et Jérémy multiplièrent les sorties et les rencontres. Et à chacune d'entre elles, la probabilité de croiser une situation taboue s'élevait considérablement avec son lot de conséquences : entrée en jeu de la puce, effacement des scènes non désirées, décalage de Jérémy avec son entourage, déstabilisation plus ou moins marquée de son mental, etc.

Jugeant que les conditions au bon déroulement du protocole risquaient d'être sérieusement dégradées l'équipe du professeur décida, au bout de deux mois d'un tel régime, de suspendre la relation qui unissait les deux jeunes gens. Du jour au lendemain, Jérémy fut plongé artificiellement dans un coma profond, et placé en catimini dans un sarcophage de conservation au sein d'un service du ministère de la recherche.

Quand Eléa, inquiète au bout de quelques jours de ne plus recevoir de nouvelles, vint se présenter au domicile de Jérémy, les parents du jeune homme lui expliquèrent qu'il avait été victime d'une maladie foudroyante, et que son état préconisait un placement dans un institut spécialisé pour une période indéterminée. A toutes ses questions posées fiévreusement, on opposa systématiquement une fin de non recevoir, polie et froide. Comme elle n'en démordait toujours pas après plusieurs mois, Klipfer obtint de sa hiérarchie qu'elle fût mutée à l'autre bout du pays. Souffrant d'incompréhension, la jeune femme remua terre et ciel pour regagner son lieu d'origine et pour retrouver la trace de son ancien amant. Las ! Elle se heurta à un mur épais de silence et n'obtint aucune information qui eût pu lui redonner un semblant d'espoir.

Le temps est un horloger redoutable instillant dans chaque jour, chaque semaine, chaque mois le décompte implacable de sa marche en avant. Les ardeurs d'Eléa faiblirent, la déferlante se calma peu à peu, et ses vagues de protestations ne furent bientôt plus que des remous qui vinrent mourir sur les berges d'une indifférence générale qui eut raison d'elle. On oublia mademoiselle V...

Engagé dans d'autres expériences d'envergure, le professeur connut à cette époque quelques déboires financiers. Il décida donc de prolonger l'état comateux de Jérémy suffisamment longtemps pour qu'un certain équilibre budgétaire se présentât de nouveau à l'horizon. Cela dura deux ans. D'abord irrité par ce contretemps, Klipfer finit par considérer la chose comme de bon aloi. Finalement, pendant sa période cataleptique, Jérémy ne serait pas confronté à des situations perturbantes de quelque ordre que ce soit. Mieux même, on entretint périodiquement ses visions imaginaires par de régulières projections du « signe ». Enfin, de telle sorte que le probable dépit amoureux qu'il connaîtrait à son réveil n'entachât point les données de l'expérience, on adoucit le souvenir d'Eléa pour que de passionnel il se transformât en une tendre réminiscence.

A son réveil, Jérémy bénéficia d'un mois de rééducation et du « dévouement » de ses parents qui s'employèrent à ce qu'il quittât le domicile le moins possible. Quelques proches amis d'antan vinrent lui rendre visite. Prétextant la raison de son impossibilité à sortir dans les premiers temps, son père lui offrit un simulateur de voiture très réaliste ; à l'aide d 'un casque de vision, Jérémy pouvait ressentir tous les effets d'un véritable engin : accélérations, décélérations, virages brusques, etc. Presque tous les effets. Le simulateur avait été bien entendu programmé pour que ce que Jérémy vivait en rêves fût scrupuleusement respecté. A cet égard les micro-capteurs sensitifs disposés sur son corps ne trahirent aucune appréhension particulière de sa part, lorsque la voiture s'apprêtait à une percussion imminente avec un obstacle imprévu. Cela était bon signe.

A l'aube de ses 20 ans, il reçut une véritable automobile en cadeau. Via le réseau mondial, il avait déjà obtenu une semaine auparavant son permis de conduire virtuel de manière tout à fait satisfaisante. L'obtention de ce permis virtuel, au sein d'une ville toute en hologrammes, permettait à son détenteur de conduire réellement une voiture. A charge pour lui de n'avoir aucun accident pendant deux ans et il décrocherait le permis définitif.

Malgré son immense envie, ses parents obtinrent de lui qu'il étrennât le véhicule uniquement le lendemain, lors d'une banale course en ville qu'ils lui confieraient. Il fallait encore un peu de temps à l'équipe du professeur pour mettre la dernière main aux préparatifs, et s'assurer que tous les capteurs, toutes les micro-caméras jalonnant le parcours de Jérémy étaient réglés au mieux.

Enfin le grand jour arriva.

A 10h14 Jérémy s'approcha du véhicule, se força à attendre un peu avant d'insérer sa carte électronique, comme pour mieux jouir du futur immédiat qui l'attendait. La portière coulissa dans un ronronnement engageant, et le module de confort s'enclencha pour souhaiter la bienvenue au nouveau conducteur. Amusé,

Jérémy le laissa converser quelque peu puis le coupa et prit le volant en mains, après avoir soupiré d'aise. Le trajet qu'il allait effectuer avait été soigneusement arrangé pour qu'il ne rencontrât aucune péripétie fâcheuse qui gâcherait l'instant final. Les rues, les trottoirs ainsi que les usagers de la route qui circuleraient en même temps que lui étaient des sous-traitants rémunérés par l'équipe du professeur. Jérémy traversa donc sans encombres le quartier pavillonnaire dans lequel il résidait et, à 10h38, accéda à la bretelle d'autoroute ceinturant les faubourgs de la ville. La portion qui suivait était très rapide et constituait un circuit du simulateur sur lequel Jérémy s'était maintes fois exercé depuis des mois. La situation lui était donc étrangement familière bien qu'il n'eût jamais eu l'occasion de piloter réellement sur cette bretelle.

Gonflé de confiance, grisé par la vitesse, il accéléra progressivement.

A l'autre bout de la ville, terrée dans une salle fourmillant d'ordinateurs, l'équipe du professeur suivait anxieusement les courbes des capteurs sensoriels du jeune homme. Klipfer avait les yeux rivés sur l'écran central géant qui offrait une vue détaillée de la scène. A 10h46 il s'approcha du tableau de bord et fit planer sa main au-dessus d'une manette grise. Il interrompit son geste, comme s'il hésitait, goûtant cet instant unique. Même lui, d'une impassibilité à toute épreuve, dont nul reflet de pensées ne parvenait à monter aux yeux, dut contenir l'excitation qui le gagnait. Ses assistants retenaient leur souffle, suspendus à son geste. Il leur délivra un regard où la fierté se disputait à une indicible angoisse. Puis il abaissa la manette.

Lancé à plus de 140 kilomètres à l'heure, la voiture fit brusquement une embardée violente sur la droite. Jérémy tenta de contre-braquer mais la direction ne répondait plus. La voiture tangua dangereusement, avala les zébrures jaunes – signifiant une zone de danger – et fonça vers une sortie d'autoroute en travaux, barrée par un mur. Jérémy hurla « ralentissement ! » puis « blocage ! » mais les commandes vocales restèrent muettes. Il appuya manuellement sur les freins, aucun résultat. Un affolement se traduisait dans le corps de Jérémy. Quelques diagrammes renvoyèrent des valeurs rouges clignotantes. Klipfer avait anticipé ce comportement et pour lui, cela provenait de la contrariété du sujet de ne pouvoir cheminer comme entendu, et non pas de sa projection dans un très probable et imminent accident.

Les phalanges blanchies, les doigts enserrant le volant, Jérémy entra dans le test final de l'expérience à 10h49.

Durant les premières fractions de secondes, Klipfer eut nettement l'impression que l'avant du véhicule s'estompait tandis que le contour de la silhouette de Jérémy apparaissait comme légèrement flouté. Puis un immense bruit de tôles froissées déchira l'espace de la salle. N'y croyant guère, proprement éberlué, Klipfer s'échina à scruter avec force attention l'écran qui analysait et restituait le ou les partie(s) qui avai(en)t traversé le mur. Il s'était toujours imaginé y constater l'entièreté du véhicule et de son conducteur. Mais là, rien. Rien qu'un intense déploiement de calculs du processeur qui cherchait à présent des parties infimes du duo ayant satisfait aux exigences de l'expérimentation. Ce n'est que lorsqu'il aperçut le corps désarticulé de Jérémy et que lui fut restitué en images 3D la dislocation du sujet que ses yeux se dessillèrent et qu'il prit enfin conscience du résultat.

Un silence sépulcral s'établit dans la salle, même les écrans s'étaient figés, n'osant plus cracher aucune donnée. Seul le panneau central offrait la reconstitution de l 'accident en images de synthèse, tournant en boucle, silencieusement. La voiture et son conducteur ne formaient désormais plus qu'un amas fumant. Un extincteur probablement mal réglé s'échinait à pulvériser le mur, ou plutôt ce qu'il en restait.

Vingt années de labeur, d'espoir, anéanties en un instant. A quoi était-ce dû ? Klipfer était certain de ses algorithmes, de sa thèse. Oui mais il y avait le facteur humain, par définition insaisissable, capricieux. Il jeta un œil sur Jérémy. Sa personne avait été tout entière broyée. Et de le voir ainsi, les membres mélangés, le tronc déformé, Klipfer le trouva grotesque. Oui, en définitive, si l'expérience avait échoué, c'était à cause du cobaye qui s'était laissé emporter par des sentiments de nature à rendre caduque toute expérience. Il se voyait déjà, à la barre, défendre cette version face aux divers créanciers. Cela eût-il été couronné de succès si l'on avait conditionné le sujet en ne lui permettant aucune vie sociale ? Vingt ans de congélation, un bombardement intensif et régulier du signe, un développement chronobiologique assisté par ordinateur, ... C'était une piste à envisager, on ne réveillerait le sujet que pour qu'il prît la voiture.

Le professeur secoua la tête. Heureusement, bien d'autres projets couraient. A commencer par celui de prolonger la vie d'un fœtus à l'extérieur le plus longtemps possible. Dès la rupture des eaux, le bébé serait extrait et immédiatement immergé dans un bassin rempli de liquide amniotique, parfaitement similaire à celui de sa mère. Et l'on pourrait suivre à loisir son développement. Continuerait-il à respirer comme un poisson ou bien finirait-il par se décoller les poumons ? Voilà un projet intéressant, et on était certain au moins que les états d'âme du sujet n'interféreraient pas sur les données de l'expérience.

Klipfer éteignit la console de surveillance des données. Jérémy A., pauvre pantin disloqué, disparut des écrans. De fait, le seul véritable coupable de ce camouflet.

Mademoiselle Eléa V. allait enfin recevoir officiellement des nouvelles de son bien-aimé.

LE RUBAN DE MÖBIUS

« …de belles éclaircies en début de matinée qui laisseront place pour le reste de la journée à un soleil généreux qui prédominera dans tout le canton de Vaud. A 14h, nous recevrons Mr Panfulier, expert en … »

Stéphane tourna le bouton de la radio et s'épongea le front. Dieu qu'il faisait chaud ! Et il n'était que 8h du matin. Cet été promettait d'être caniculaire. Il s'assit mollement dans son canapé et regarda, attendri, le plateau qu'il s'était préparé pour le petit déjeuner. Il saisit le verre de jus d'orange fraîchement pressé et le sirota paisiblement, tandis qu'une odeur de pain chaud l'enveloppait. A travers la large baie vitrée ouverte, la ville de Lausanne s'étendait à ses pieds, coulant par vagues successives jusqu'au lac. Il gloussa de plaisir ; depuis son acquisition l'an passé, il n'avait jamais regretté cet appartement situé au quatrième étage d'une résidence cossue.

Dépliant son quotidien, il entreprit une lecture distraite à la faveur d'un cacao bien sucré. Un premier jour de congé se devait d'être savouré dignement. Quelques faits divers sans gravité, la croissance du pays qui repartait à la hausse, un horoscope flatteur : tout cela était parfait pour débuter une si belle journée.

Il allait tourner la page quand il se prit tout à coup la tête entre les mains, assailli par une violente migraine. Encore cette maudite douleur qui revenait ... Des milliers de dards fouillaient sa boîte crânienne, tricotaient son cerveau. Le sol tangua sous ses pieds, il eut l'impression que le canapé se soulevait.

Fort heureusement, cela ne dura pas et le mal s'estompa progressivement.

Alors qu'il reprenait ses esprits une étrange sensation demeura en lui, désagréable, le rendant vaguement confus. Il fut pris d'une envie irrépressible de froisser le journal comme pour éprouver la réalité de ce qui l'entourait. Ce contact tangible le rassura quelque peu.

Le téléphone émit une plainte électronique, achevant de le tirer de sa torpeur. Tout en se massant les tempes, il décrocha le combiné.

« Allo ? »

Un grésillement lointain lui fit écho.

« Allo, il y a quelqu'un ? »

De nouveau un grésillement entrecoupé par ce qui paraissait être une voix, à peine audible. A défaut de pouvoir comprendre les paroles, il essaya de se concentrer sur l'intonation. Mais il y avait trop de parasites sur la ligne. On eût dit que la voix était alarmée ; peut-être l'adjurait-elle ?

« Elodie, c'est toi ?? »

Un silence, et puis ce bruit de friture. L'écho semblait très lointain comme si il lui parvenait après avoir traversé d'incommensurables espaces. Son écran téléphonique indiquait un appel masqué. De toute évidence ça n'était pas Elodie. Il raccrocha.

Elodie ! Un moment il avait craint que ce fût elle qui appelât pour décommander leur rendez-vous. Ah non, il ne le supporterait pas. Cela faisait des mois qu'il la courtisait, depuis l'inscription de la jeune femme dans le club de judo que Stéphane fréquentait depuis des années. Ils étaient allés à plusieurs reprises dans des bars, après l'entraînement, pour discuter. Le courant passait bien entre eux mais Stéphane voulait être certain de ses sentiments avant de tenter quoique ce soit. Aussi lui avait-il proposé, il y a trois semaines, de passer un week-end à Gruyères entre visites touristiques et promenades bucoliques. Elle avait immédiatement accepté, enthousiasmée. Cela était de bon augure.

De penser à Elodie le rasséréna tout à fait. Il engloutit le reste de son repas, le cerveau accaparé à sa dilection.

La matinée se passa fort agréablement ; il appela tout de même Elodie – qui le rassura en assurant bouillir d'impatience – , mit la main aux derniers préparatifs et s'accorda le loisir d'aller chez le coiffeur.

Après vingt minutes d'attente il put enfin se faire couper les cheveux. Au moment de payer il lui arriva quelque chose de surprenant. Alors qu'il fouillait dans sa poche à la recherche de son porte-monnaie, ses doigts tombèrent sur un objet dur. L'extirpant avec précaution il aperçut un petit briquet blanc frappé aux armoiries d'Yvoire, petite ville française située de l'autre côté du lac.

Il sursauta vivement. D'où cela pouvait-il bien venir ? Il n'avait jamais fumé et aucune personne de son entourage n'était adepte de la cigarette. Il demanda aux apprentis ainsi qu'à la clientèle présente si par hasard l'objet leur appartenait. Mais les réponses furent négatives.

Perplexe il quitta le salon le front dégagé, mais pressé de mille questions.

Bien vite la perspective agréable du séjour qui se profilait chassa ses interrogations sans réponses. De retour chez lui il déposa le briquet sur une commode et, dès lors, n'y pensa plus.

A midi il déplia les stores et s'installa sur sa terrasse pour déjeuner tranquillement. Il devait retrouver Elodie à Gruyères même, à 15h. Inutile de se presser.

Le temps était exceptionnel. Pas un nuage ne venait troubler l'horizon, le ciel d'un bleu océan se mirait dans le lac, quiet. Premières citadelles de granit accrochant l'œil, la dent d'Oche française et le Grammont suisse dressaient au-dessus de la terre blanche leurs silhouettes ciselées par le temps et le vent.

Il faisait bon vivre dans cette région.

Après le dessert il se fit un café serré qu'il savoura, agrémenté de menus biscuits chocolatés. Maintenant que l'heure du départ approchait il avait l'impression que les minutes s'éternisaient, le narguaient. Enfin vint le moment de descendre charger la voiture. Le simple trajet jusqu'au garage souterrain lui déclencha un véritable bain de sueur ; il faisait bien de partir en avance, il pourrait ainsi se changer à l'hôtel.

A 13h30, Stéphane au volant de sa Focus quitta sa résidence, rempli d'allégresse. Il roulait vitres grandes ouvertes, les cheveux ondulant au gré de la vitesse. L'autoroute qui remontait vers Montreux était fluide. Surplombant la rive du lac elle plongeait parfois dans un tunnel et tout devenait obscur, mais ça n'était que pour en mieux ressortir, de nouveau frappé, ébloui par des rayons ruisselants de feu.

La route s'éloigna du Léman pour aller baguenauder dans les plaines jurassiennes. Les champs de blés moutonnaient, ondoyaient à perte de vue.

Parti depuis une demi-heure Stéphane se surprit à retirer ses lunettes de soleil.

« Sans doute un nuage » se dit-il, mais quand il aperçut dans son rétroviseur une masse sombre, il se rangea sur le bas-côté pour voir ce qu'il en était.

A l'Est le ciel s'assombrissait anormalement, une tache d'encre engloutissait l'espace. De gros nuages piriformes s'amoncelaient et se dirigeaient à toute allure vers lui. Autour de cet îlot, semblant sorti tout droit de la géhenne, rien n'avait changé. C'était curieux, la météo n'avait rien annoncé de tel. Il valait mieux arriver à Gruyères avant de se prendre l'orage de grêle. Il se précipita dans sa voiture et démarra en trombe.

Dans l'habitacle, l'air se chargeait progressivement d'humidité, ses poils se hérissaient sous l'effet de l'abaissement de la pression environnante. Un frisson le parcourut. Il leva les vitres et coupa la ventilation interne. Le bleu du ciel s'abîmait lentement devant lui, rongé par une gangrène filandreuse. Un panneau défila sur sa droite. Sortie d'autoroute à douze kilomètres. Enfin. Il ne serait pas bien loin de Gruyères ensuite.

La douleur, tapie au fond de son crâne, refit son apparition. Il pesta ; ce maudit mal n'allait quand même pas lui gâcher son week-end !

Les premières gouttes d'eau s'écrasèrent mollement sur le pare-brise. L'horizon se bouchait, s'obscurcissait ; seule une petite lucarne claire s'accrochait encore au-dessus des collines. Cet orage allait à une vitesse hallucinante !

Il préféra quitter l'autoroute pour s'engager sur la route cantonale, afin d'alentir sa vitesse. La visibilité était amoindrie, une chape de plomb écrasait tout. L'averse était maintenant franche et des milliers d'aiguilles liquides s'écrasaient sur les vitres. Il empoigna le levier de vitesse pour rétrograder et reçut une décharge.

Tout était électrique autour de lui. Subitement.

Au loin une lueur éclaira un pan de montagne qui,

l'instant d'après, retourna dans les ténèbres. La pluie martelait à présent la voiture. Les essuie-glaces dansaient follement, il était dangereux de poursuivre. Son esprit devenait cotonneux, ses pensées ineptes. Tout juste parvint-il à s'étonner du fait qu'aucun éclair n'apportait avec lui de tonnerre. N'était le tambourinement de la pluie, l'orage était étrangement silencieux. Pourtant les déchirures du ciel se multipliaient, l'encerclaient. Il y avait une éternité qu'il n'avait rencontré de voiture. La pénombre s'accentuant davantage, il fut obligé d'allumer ses phares.

Le mal de crâne, à l'unisson des éléments déchaînés, violentait son corps tout entier, le meurtrissait.

Soudain il crut distinguer au loin une lumière continue, en face de lui. Elle se rapprochait sans dévier. Malgré une conscience torpide il se força à écarquiller les yeux. Traversant les stries obliques, deux petits points blancs grossissaient doucement. Une voiture ! Cette simple présence, même si elle ne changeait rien en soi, le tranquillisa quelque peu.

Une zébrure ensanglanta les nues. Cette fois il eut un haut-le-corps.

Rouge ! L'éclair était rouge, il en était certain !

Et puis ce son aigu étouffé, intermittent… Pourquoi diantre l'autre conducteur klaxonnait-il de la sorte ?

Au même instant le véhicule venant en sens inverse se mit à zigzaguer dangereusement sur la chaussée.

La peur l'étreignit. Il donna un coup de frein mais sa chaussure dérapa. La voiture vrombit, muselée par le rapport trop peu élevé et fit une embardée. Stéphane se cramponna au volant et ramena la Focus sur la route, le souffle court. Mais la distance s'amenuisait très vite, le conducteur d'en face semblait fou, lui faisait des appels de phares. Il fonçait droit sur lui.

Brusquement son corps s'électrisa complètement. Ses poils se hérissèrent sous l'effet de picotements d'aiguilles. Sa vue devint écarlate en même temps qu'une forte chaleur traversa son torse. Tout virait au rouge : le tableau de bord, ses mains, le siège avant, Elodie …

Il eut juste le temps d'ouvrir la bouche au moment où la voiture ivre allait le percuter.

Puis ce fut le noir.

**

Une douce tiédeur lui caressait le visage, lui chauffait les joues. Il faisait bon être là. Sa main bougea doucement, frôlant une herbe un peu rêche.

De l'herbe ?

Il ouvrit les yeux. Au-dessus de lui, un arbre éployait son feuillage à claire-voie dans un enchevêtrement de branches suspendues. Il mit un temps à réaliser qu'il était allongé. Il se redressa péniblement sur son séant. Le soleil était à son zénith et baignait de son éclat le carré de pelouse.

Mais où était-il donc ? Il fit un effort de mémoire et progressivement, telles des poupées gigognes, ses pensées se structurèrent. L'éclair. L'accident.

Il souleva machinalement son tee-shirt. Une vilaine marbrure mordait son torse ; il n'avait donc pas rêvé.

Pourquoi n'était-il pas sur la route cantonale ? Les secours étaient-ils intervenus ? Et que faisait-il ici ?

Il regarda aux alentours. La pelouse s'inclinait vers un sentier caillouteux débouchant sur une rangée de platanes au travers desquels on apercevait une grande étendue d'eau. Manifestement il se trouvait au bord du lac. Mais cet endroit ne lui disait rien. Derrière les platanes un petit escarpement donnait sur une plage de galets. Quelques personnes étaient étendues, qui sur une serviette, qui sous un parasol.

Il se campa près de l'eau et défia l'horizon. Au fur et à mesure qu'il scrutait les détails du paysage, une pensée prenait corps dans son esprit. Une pensée effrayante, proprement terrifiante. Son cœur s'accéléra jusqu'à cogner à tout rompre, ses mains s'humidifièrent.

Titubant sur ses jambes il s'approcha d'une dame sentant la crème à bronzer et s'enquit, la gorge sèche :

« Quelle … quelle est la ville qu'on voit en face ?

– Ben c'est Lausanne. C'est en Suisse.

Elle remua encore les lèvres mais il n'entendait plus rien. Tout chancelait. Il se prit la tête à deux mains.

– Mais … ce n'est pas possible puisque j'étais vers Vuadens il y a quelques minutes…

La dame arrondit des yeux de poisson.

– Vous entendez ? Je ne peux être là ! J'y étais, il faisait de l'orage !! »

Pourquoi ne voulait-elle pas le croire ? Il ne disait que la stricte vérité. Plus il parlait, plus il s'énervait. Tout s'embrouillait. Elodie, l'orage, Gruyères, l'éclair, cet endroit… Elle était folle de ne pas le croire. Ou était-ce lui ?

Attirés par ses vociférations, les gens commençaient à relever la tête dans leur direction. Il cessa brutalement son plaidoyer. Une grande envie de fuir ce lieu le démangeait. Sans plus un mot il se mit à marcher rapidement, puis à trotter et enfin à courir de plus en plus vite. Il ne voyait rien, ni personne ; ne pas penser, sentir seulement le corps fonctionner, les rouages de la machine humaine, se prouver que l'on est bien réel.

Le sang écrasa bientôt ses tempes, la sueur l'inonda de toute part. Une forêt de mâts s'érigeait sur sa droite, bercés par le lac. Il se frappa le front, reconnaissant soudainement la ville : cette jetée si longue, ces deux cafés séparés de leur terrasse par une rue trahissaient Thonon-les-bains. Il s'y était parfois rendu lors de week-end estivaux.

Sa situation lui revint en mémoire.

« Mais qu'est-ce qui m'arrive ? » gémit-il.

Il promena un visage larmoyant vers le Nord jusqu'à buter sur des collines adoucies. La Suisse. Sa Suisse, à la fois si proche et si lointaine, irréelle.

Irréel, mais oui c'était cela, ce qu'il vivait était *impossible*, et ne pouvait être que le jeu de son imagination. Happé par une terreur grandissante il décocha un furieux coup de poing dans un poteau. Un craquement malsain et un hurlement lui confirmèrent la tangibilité de ce qui l'entourait.

Soutenant sa main endolorie il se força au calme, respira profondément. Son esprit travaillait à toute allure. Ne pas gamberger. Être pragmatique.

Une idée le traversa. Vite, aller au centre ville.

Il remonta la ruelle, semée de larges marches, parallèle au funiculaire et déboucha à proximité de la bibliothèque municipale. Quelques renseignements pris plus tard, il parvint dans un cybercafé. Heureusement les francs suisses étaient acceptés et il put accéder à la salle des ordinateurs. Il prit place devant l'une des machines.

« Elodie ! s'exclama-t-il brusquement. Avec tout … ça, je ne lui ai même pas téléphoné pour lui dire… »

Lui dire quoi ? Il eut un rire amer. Qu'il se trouvait en France alors qu'ils avaient prévu de se voir à Gruyères ? De toute façon il fallait la prévenir.

Il extirpa son portable et se connecta au réseau. Il s'arrêta, interdit. L'écran affichait la date du 17 juillet.

L'appareil avait dû être altéré par « l'incident ». Il vérifia sur l'ordinateur :

date : 17/07/2003 – 14h13.

C'était impossible … On était la veille du jour de son départ …

La nausée l'envahit. Il se mit à trembler convulsivement. L'idée même de demander au gérant la confirmation de la chose ne l'effleura pas. Il savait déjà la réponse.

Désespéré il activa un moteur de recherche sur

Internet, tapa frénétiquement des mots clefs, essaya de multiples combinaisons, parcourut des centaines de pages. Parfois il reprenait à zéro et tout recommençait. Enfin une page personnelle, classée « ésotérique », attira son attention. Il y était question d'orages magnétiques pouvant déclencher dans certaines conditions des altérations de l'espace-temps. L'auteur assurait que la possession de cadmium sur soi – même en quantité infime –annihilait la projection temporelle.

Il leva les yeux au ciel. Du cadmium ! Il ne savait même pas ce que cela était. Trois clics de souris et le mystère se dissipa. C'était un métal servant à protéger l'acier.

Il ploya sous le poids de cette nouvelle épreuve : où pourrait-il jamais trouver cet élément ?

Subitement las il se leva et, d'un pas traînant, alla régler au gérant ce qu'il lui devait.

Dehors le temps était toujours au beau fixe. Il acheta machinalement un journal pour échapper au supplice que son cerveau endurait, occupé sans cesse à se questionner. Ce geste banal était un appel désespéré à la banalité, une sorte de camouflet pour se raccrocher au monde matériel. La Une était pathétiquement racoleuse :

« Une femme de ménage retrouvée morte : accident ou meurtre ? »

Il avisa un banc pour s'y installer, soupirant. L'histoire était sordide. Alors qu'elle effectuait l'ouverture d'un bâtiment, la victime avait surpris une personne étrangère. Son corps avait été retrouvé peu après, le cou brisé. Il allait tourner la page quand il suspendit son geste : la malheureuse travaillait pour le compte d'une société fabriquant des tubes électroniques.

Le cadmium ! Il y en aurait peut-être là-bas ? On devait bien utiliser des métaux pour le pourtour des tubes. De toute façon, il n'avait pas le choix. Même si la probabilité était faible, il fallait tenter sa chance. Il était prêt à tout pour que le cours de sa vie redevînt normal.

Ayant relevé l'adresse, il s'y rendit d'un pas décidé. Certes il risquait d'y avoir du monde, mais avait-il vraiment le choix ? Il attendrait la nuit.

Par chance un petit parc ombragé jouxtait les locaux de l'entreprise. Prenant place sur un banc à proximité d'une fontaine, il croisa les jambes et s'arma de patience. Alors qu'il humait délicatement les senteurs du soir, il ressentit une immense fatigue l'envelopper. De minuscules étoiles dansaient devant ses yeux. Sa tête ploya soudainement et il sombra dans le sommeil.

Un petit air vivifiant l'éveilla. Il se redressa. La pénombre régnait ; il avait dû s'assoupir jusqu'à la tombée du jour. Pourtant il lui semblait être toujours aussi fatigué.

Le parc était désert. On entendait le bruit étouffé du léger ressac au loin.

Dissimulé derrière le muret d'enceinte de l'entreprise, il risqua un œil. Il s'était préparé à ce qu'il y eût une certaine agitation, un va-et-vient d'enquêteurs ; mais rien de tout cela. L'endroit était vide.

Escaladant la barrière il prit pied dans le jardin, puis fit le tour du bâtiment pour s'approcher d'une fenêtre, par miracle entrouverte. Une faible lueur filtrait à travers les carreaux. Il entrebâilla davantage l'un des battants et risqua un œil prudent à l'intérieur. Personne. Avec la dextérité d'un chat, il sauta lestement dans la pièce. Un rayon de lumière ainsi que des bruits confus provenaient d'une porte close dont le bas irradiait une pâle clarté. Une solide paillasse campait sous ses yeux. Des fioles et tubes de toutes sortes jonchaient l'établi. Manifestement ça n'était pas ici qu'il trouverait son bonheur. D'un mouvement un peu brutal, il se hâta vers une porte mais son coude heurta un objet. Un bref tintement se fit entendre, suivi d'un fracas épouvantable. Instinctivement il se réfugia sous la paillasse, les mains sur la tête. Il jura.

Immédiatement des pas résonnèrent sur le carrelage et une porte s'ouvrit, inondant d'un flot doré le laboratoire.

La police ! On allait l'alpaguer, le confondre avec l'assassin et il ne pourrait jamais retrouver son présent ! Il prit peur.

Une voix féminine retentit : « Y a quelqu'un ? »

Elle se dirigeait vers lui sans le savoir. D'un instant à l'autre elle allait allumer les lumières et alors il serait enchaîné à sa destinée. Non !

Jouant son va-tout, il détendit ses jambes et s'élança vers le couloir. Une ombre s'interposa, un contact s'appesantit sur son épaule : « Eh ! Où est-ce que vous ... »

Elle n'eut pas le temps de finir ; mû par un réflexe insensé de survie, Stéphane l'empoigna et la projeta de toute sa science de judoka. Déboulant dans le vestibule, il n'entendit pas les vertèbres craquer sous le choc. Enjambant une serpillière et un balai il jaillit à l'extérieur, paniqué.

Heureusement là encore, personne.

Il courut se réfugier dans le parc. D'un instant à l'autre, l'alerte allait être donnée ; il lui fallait quitter la ville au plus tôt.

Le cœur battant à tout rompre, il regarda sa montre fébrilement et manqua de s'étouffer : 17 juillet, 6h02.

Il avait de nouveau plongé dans le passé !

Mais … mais pourquoi, comment ?

Telle une confirmation le ciel s'éclaircissait au-delà des frondaisons, la nuit se retirait progressivement. Les premiers rayons émergeaient au-dessus des montagnes. Son portable lui asséna le même verdict : 17 juillet, 6h04.

Une grande appréhension chargea ses veines, s'insinua pernicieusement en lui : si désormais il pouvait être projeté à tout moment, sans aucune raison, le cours de sa vie risquait de devenir, *avec certitude,* aléatoire. Submergé par cette atroce perspective, le cerveau bouillant, il éprouva de nouveau l'irrésistible besoin de ressentir qu'il était bel et bien *vivant.* Il détala comme une flèche droit devant lui, à l'orée de sa propre conscience.

Après dix minutes de course effrénée il s'arrêta

complètement, pantelant, encore sous le choc. De nouveau une réflexion intense le gagna.

La seule chose à faire était de *s'empêcher* d'aller à Gruyères. Il empoigna maladroitement son portable et composa son numéro fixe à Lausanne. La ligne grésillait. Enfin quelqu'un décrocha.

« Stéphane ! hurla-t-il, ne va pas à Gruyères !! »

Il se sentait un peu ridicule de dire cela. Des parasites encombraient le canal.

« Tu m'entends ?? Pour nous, je t'en supplie : pas à Gruyères !!!! »

La communication était déplorable, il crut comprendre : « Elo... die ... toi ? ». Il répéta plus fort sa supplique. Un bourdonnement couvrait sa voix, et lui donnait l'impression de parler de très loin. Ne parvenant toujours pas à établir un contact, il s'égosilla avant de se répandre en adjurations larmoyantes. On lui raccrocha au nez.

Pleurant de rage il jeta son mobile à terre.

« Ça ne sert à rien… »

Il s'écroula sur le trottoir, hoquetant.

Le responsable, c'était l'orage. S'il l'évitait, tout serait réglé. Il leva les yeux, hagard ; une voiture s'arrêta à proximité. Une femme en sortait nonchalamment. Comme un dément il s'élança vers elle et la bouscula sans ménagements, la faisant trébucher sur le trottoir. Les pneus crissèrent sur l'asphalte tandis que la voiture se cabrait sous l'effet du démarrage violent.

Les mains agrippées au volant, il ne pensait plus.

Par chance il y avait peu de circulation en cette heure matinale et il fut rapidement en dehors de la ville, sur la route menant à Evian. A St-Gingolph il traversa la frontière et retrouva la Suisse qu'il n'aurait jamais dû quitter.

L'air y était déjà différent. Une bouffée d'optimisme le saisit : il disposait d'une journée d'avance sur l'orage. Il trouverait bien un moyen d'ici là.

Roulant depuis quelques minutes, il fut subitement pris d'une lassitude excessive. Était-ce tous ces sauts à travers le temps, ou le fait d'angoisser, de réfléchir en permanence ? Il essaya de lutter mais le besoin de repos était impérieux. Il se gara à la hâte dans un champ et s'effondra littéralement sur le siège. Un sommeil sans rêves le cueillit instantanément, l'entraîna au plus profond de l'oubli.

Quand il en émergea, il faisait magnifiquement beau dehors. L'horloge de la voiture indiquait 13h50. Le 18 juillet.

Catastrophe ! Il avait dormi une journée entière ! Il fit geindre le démarreur, enfonça l'accélérateur au plancher et déboucha sur l'autoroute à une vitesse folle. Nerveusement, il ouvrit le vide-poche à la recherche de quelque chose pour le calmer. Un paquet de cigarettes traînait avec un briquet blanc. Sans trop savoir ce qu'il faisait, il alluma une cigarette. L'incongruité de la chose ne le choqua pas. Il toussa, crachota mais cela lui fit du bien.

L'heure tournait et les nuages s'accumulaient. L'air se

rafraîchissait continûment.

14h10, l'orage déferlait, des trombes d'eau se déversaient. Les premiers éclairs n'allaient pas tarder. Il accéléra encore.

Il quitta l'autoroute et entreprit de remonter la N12 vers Semsales. De pâles lueurs déchiraient le ciel. Vite, plus vite. La Focus n'allait pas tarder à surgir au bout de la ligne.

Au loin, la voilà ! Son alter ego se rapprochait, ne se doutant de rien. Il fit des appels de phares. Aucune réaction. Il klaxonna. Rien. Non ! Il ne voulait pas revivre tout cela ! Il prit la folle décision de lui barrer la route, pour le dévier de sa trajectoire.

Dérapant sur la chaussée détrempée, perdant le contrôle du volant, il s'encastra violemment dans la Focus en même temps qu'un halo rougeoyant engloutissait les deux véhicules.

Stéphane avait mal dormi, sa tête semblait prisonnière d'un étau. C'était curieux, il n'avait aucun souvenir de s'être couché la veille, pas plus de s'être réveillé ce matin.

Enfin, tout cela n'était pas important. Ce jour était assurément le début d'un petit week-end de bonheur. Les rayons du soleil illuminaient pleinement l'appartement. Ce serait une belle journée.

Derrière lui le poste de radio débitait un flot de paroles continu :

« ...de belles éclaircies en début de matinée qui laisseront place pour le reste de la journée à un soleil généreux qui prédominera dans tout le canton de Vaud. A 14h, nous recevrons Mr Panfulier expert en ... »

Table des matières

Editions Chloé des Lys

L'A.S.B.L. Chloé des Lys, créée en 1999, est une maison d'édition belge, située à Barry, en Wallonie Picarde. Outre le fait d'éditer à compte d'éditeur et de bénéficier d'une totale indépendance, la maison d'édition se base sur une collaboration permanente entre les auteurs et l'équipe de bénévoles chargée de la gestion. Une grande liberté de création est laissée aux auteurs pour la présentation du texte et de la couverture.

Poésie, romans, nouvelles, récits, essais, contes et pièces de théâtre se côtoient. Le fantastique voisine avec la science-fiction. L'humour avec le tragique. La poésie classique garde sa place tout en s'ouvrant sur les haïkus, sur la nouvelle poésie, sérielle ou expérimentale.

Chloé des Lys est un vivier de nouveaux auteurs. L'objectif est avant tout de faire découvrir de nouvelles plumes, qu'elles soient originaires de Belgique, de France, de Suisse, du Québec, du Liban ou des Etats-Unis. Publiant une cinquantaine de titres par an, Chloé des Lys possède une politique éditoriale qui lui est propre : « celle de ne pas en avoir ».

Si vous désirez être tenu au courant de nos parutions, abonnez-vous à la lettre d'information en laissant un message sur notre e-mail ou demandez-nous tout simplement un exemplaire de notre catalogue.

Pour tout contact :

Editions Chloé des Lys,
Rue de Maulde, 26 7534 BARRY
Tél. : 069/84.74.94 Fax : 070/42.06.93
courriel : chloe.deslys@scarlet.be
http://www.editionschloedeslys.be
Axa 800-2266824-12 - TVA BE 466 090 542
N° de dépôt légal : D/2010/8898/44
ISBN 978-2-87459-532-5 – imprimé en 2010

Ce livre a été réalisé par

CORELAP

Rue de la Montagne, 103
B-7700 MOUSCRON
Tél. : 056/85.63.63
E-mail: eta@corelap.be